Rosegoia war gestern

Für meine Kinder,
jeder Traum soll für sie erreichbar sein.

Gamze Öz

Roségold war gestern

Bibliografische Information der Deutschen Nationalbibliothek:
Die Deutsche Nationalbibliothek verzeichnet diese Publikation
in der Deutschen Nationalbibliografie; detaillierte bibliografische
Daten sind im Internet über dnb.d-nb.de abrufbar.

Lektorat: BOD, Gina M. Swan
Korrektorat: BOD, Gina M. Swan
Umschlaggestaltung: Nina Hirschlehner

Herstellung und Verlag: BoD – Books on Demand, Norderstedt

ISBN: 978-3- 7578-1504-2

Kapitel 1

Die Regentropfen prasseln an diesem Mittwochnachmittag so fest auf die Fensterscheiben, dass es sich anhört, als würde jemand Kieselsteine darauf werfen. Ich schleife mich in meinen Hausschuhen vom Schreibtisch zur Küche und greife nach dem halbvertrockneten Vollkornbrötchen von heute Morgen. Seitdem gab es nur Kaffee, Kaffee und nochmals Kaffee. Ein Blick auf die Uhr verrät mir, dass es nicht mehr lange hin ist, bis ich mein Notebook zuklappen und mit Josua den Abend auf der Couch ausklingen lassen kann, auch wenn mir gerade eher nach einer heißen Badewanne und einem guten Podcast ist.

Der schrille Ton der Türklingel ertönt. »Wollte er nicht nach 18 Uhr kommen?«, frage ich mich laut, während ich das trockene Stück herunterschlucke und Josua die Tür öffne. »Hey! So früh habe ich gar nicht mit dir gerechnet.«

»Was geht ab, beste Freundin?« Sein Gesicht ist gerötet und etwas Kaffee läuft aus einem der Becher herunter, die er in der Hand hält.

»Du weißt schon, dass ich eine Kaffeemaschine besitze?« Die Ironie in meiner Stimmlage ist nicht zu überhören. »Einen Vollautomaten«, füge ich provokant hinzu.

Während er mir ins Wohnzimmer folgt, frage ich mich, warum er nie den Aufzug benutzt. Seit ich ihn kenne, läuft er die sechs Etagen. Ich nehme ihm einen Becher ab und nippe daran. »Igitt, der ist ja kalt.«

»Gern geschehen«, antwortet er und verdreht die Augen.

Josua ist mein engster Freund. Wir haben uns auf einer Party kennengelernt und nach seinem fehlgeschlagenen Flirtversuch festgestellt, dass wir dennoch auf einer Wellenlänge sind und denselben Humor teilen. Als ich nach Hamburg gezogen bin, kannte ich hier niemanden. Mein Nachbar hat mich zu dieser Party der Reichen und Schönen, wie er es nannte, geschleppt. Auf das Dach einer alten, wunderschönen Stadt-villa, inklusive Fernblick auf ganz Hamburg. Die wohlhabenden Menschen hier in Hamburg waren eine Klasse für sich.

Josua steht vor dem Fenster und nippt an sei-nem kalten Kaffee.

»Stell den Becher weg, ich mache uns einen fri-schen. Und zieh dir bitte etwas Trockenes an. Du ver-saust mir das Parkett«, sage ich mit einem Lachen.

Er steht vor der großen Fensterfront und blickt nach draußen in die Weite, dann runter aufs Wasser. »Was für ein Dreckswetter.«

»Uh, da hat aber jemand schlechte Laune. Was ist los? Du bist früh dran, ich habe etwas später mit dir gerechnet. Offiziell arbeite ich noch.«

Er lacht. »Arbeiten?«

»Ja, arbeiten.«

»Eigentlich hast du es doch gar nicht nötig. Wenn ich du wäre, Sanna, dann würde ich den ganzen Tag einfach nur chillen.«

»Das machst du doch auch so, ohne ich zu sein«, gluckse ich. »Es gibt Dinge, die müssen getan werden. Auch ich habe Aufgaben.«

»Und einen Boss mit Kontrollzwang.«

Ich lache auf. »Einfach ist meine Mutter nicht. Das stimmt.«

Er dreht sich zu mir um, stellt seinen Becher ab und verzieht dabei die Miene. »Wenn du erlaubst, würde ich mich kurz mal am Kleiderschrank deines Gatten bedienen. Ich bräuchte sowieso mal ein neues Hemd.«

»Josua! Wie war eigentlich dein Date? Erzähl doch mal.« Und während ich ihm diese Frage stelle, die Regentropfen auf den Scheiben sanfter werden, male ich mir bereits die Antwort aus, die ich aufgrund seiner Stimmung erahnen kann.

Er steigt die Treppen nach oben ins Schlafzimmer, öffnet den Kleiderschrank und blickt übers Geländer nach unten zu mir. »Welches Date, Sanna?« Er zieht sich sein beiges, nasses Shirt über den Kopf und steht oben ohne im

7

Raum. Das Bild ist herrlich. Ich grinse. Er erwidert es nicht.

»Wohl nicht so gut?«, kommentiere ich.

»Es gab kein Date! Ich wurde versetzt. Sie hat mich einfach wieder versetzt!« Verzweifelt schüttelt er den Kopf. »Ich meine, könntest du diesen Muskeln hier widerstehen? Willst du mal anfassen?«

Ich lache laut los. Er greift nach einem weißen Hemd von Chris und zieht es an.

»Ich frage mich ernsthaft, und nicht nur heute, wieso ich immer so viel Pech habe.«

Mein Schmunzeln bleibt nicht unbemerkt.

»Hä, was denn? Ich meine das ernst«, reagiert er empört.

»Na ja …«, taste ich mich vor und wende mich zur Küchentheke am Ende des Raumes, um mein Gesicht zu verbergen.

»Willst du mich aufziehen?«

Ich schüttele den Kopf.

»Ja gut, flirten kann ich nicht. Und ja, hätte ich dich damals anders angesprochen, wärst du jetzt vielleicht meine feste Freundin«, antwortet er und vergräbt sein Gesicht theatralisch in seinen Händen.

»Und wir wären so verliebt …«, albere ich herum und werfe ihm einen Luftkuss zu.

»Oh Shit, Sanna, war nicht heute das große Interview? Wie ist es gelaufen?« Im selben Moment vibriert mein Handy auf dem Küchentresen. Ich eile hin und werfe einen Blick darauf, während sich Josua ein Bier aus dem Kühlschrank nimmt und mir zuprostet: »Cheers, auf den Abend.«

Mein Handy vibriert erneut. Ich habe mich bereits gefragt, ob und wann dieser Anruf kommen würde. Der Anruf meiner Mutter. Ich habe sie auf heißen Kohlen sitzen lassen. Gedanklich gehe ich ihre Fragen durch: *Sanna, du hast nichts erwähnt, was nicht in die Presse soll, oder? Nichts, was die Öffentlichkeit nichts angeht?*

Wir haben die letzten Tage nichts voneinander gehört. Wenn ich sie nicht regelmäßig anrufen würde, würde sie sich wohl gar nicht melden. Es kommt mir sogar vor, als würden ihr unsere Geschäftsmeetings online genügen. Ich drücke sie weg und nehme mir vor, sie später zurückzurufen. Dann ertönt ein Signal und ihre Nachricht geht ein.

»Deine Mum kann es aber auch nicht lassen.«

»Kennst sie doch.« Ich blicke auf ihre Nachricht: Wir müssen unbedingt telefonieren, ruf mich bitte zurück, wenn du Zeit hast!

Nicht jetzt, Mutter. Die Berichterstattung über das Interview, das ich heute Morgen gegeben habe, wird sie morgen erhalten. Ich hoffe, sie nimmt es mir nicht übel.

»Ja, Mama, du wirst früh genug erfahren, wie

es gelaufen ist. Und nein, kein Imageschaden«, murmele ich leise vor mich hin und verdrehe die Augen.

Kapitel 2

Nachdem Josua jedes kleinste Detail des Gesprächs und jede Frage der *Lilique* erfahren hat, zweifle ich, ob ich manche Antworten vielleicht ein wenig unpassend oder zweideutig formuliert haben könnte.

»Stell dir mal vor, die Redaktion verdreht deine Antworten und zieht dich und dein Unternehmen in den Dreck«, zischt er mit scharfer Zunge.

»Das wird sie nicht tun.« Ich lache und denke im nächsten Moment über seine Aussage nach. »Ich meine, ohne meine Freigabe darf sie es doch gar nicht veröffentlichen, oder?«

»Das glaubst du. Sie hat dich interviewt. Du bist ein Promi.«

»Ich bin kein Promi«, antworte ich und muss schlucken. »Die Anzeigen wurden auch nur mit meiner Freigabe veröffentlicht.«

»Sanna, die Anzeigen wurden auch bezahlt. Dieses Mal wurdest du interviewt. Sie kann mit deinen Aussagen machen, was sie will.«

In diesem Moment wird mir klar, auf was ich mich da eingelassen habe. Und so sehr ich versuche, positiv zu denken, hoffe ich, dass sie nichts tun wird, was unserer Firma schaden könnte. Das würden meine Eltern mir niemals verzeihen.

»Willst du schon wieder los?«, frage ich Josua überrascht, als er die Hälfte seines Biers in die Spüle kippt und sich mit einer flüchtigen Handbewegung verabschiedet. »Josua, Moment. Bleib doch noch ein wenig. Komm schon, setz dich und hör auf, Trübsal zu blasen. Ich will dir etwas zeigen und bin gespannt, was du zu meinen neuen Skizzen sagst.«

»Okay.« Er setzt sich neben mich.

»Gut riechst du.«

»Wollen wir rummachen?«

Ich haue ihm auf die Schulter. »Du Witzbold. Wenn Chris wüsste, dass sein Freund mich anmacht.« Ich lache.

»Ach, Sanna, ich bin so deprimiert.« Er schlägt sich die Hände vors Gesicht. »Ich hasse mein Leben.«

»Jetzt rede keinen Unsinn. Du findest nur immer die falschen Frauen.«

»Wann kommt Chris eigentlich? Wohnt er hier überhaupt noch?«

Gegen 20 Uhr verlässt mich Josua, nachdem er sich im Bad aufgefrischt hat, um sich für sein Ersatzdate fertig zu machen. Sein verletztes Ego muss aufpoliert werden.

Er drückt mich fest, bevor er meine Wohnung verlässt. »Sag Chris, dass er froh sein kann, dass du ihn nicht schon verlassen hast. Er geht dir mit seinem Job fremd, ich sag's dir.«

Ich verdrehe die Augen, mache eine verabschiedende Geste und schließe die Tür. Als ich wieder im Wohnzimmer bin, bleibe ich einen Moment vor der großen Fensterfront stehen, halte inne und schaue nach draußen in die Abenddämmerung.

»Hallo Mama.«

»Wundert mich, dass du zurückrufst. Wie kommt's?«

Ich überlege, was sie damit bezwecken will, komme jedoch gar nicht dazu, darauf einzugehen.

»Und, wie war das Interview? Hat alles geklappt?«

Ich seufze. »Ja, hat es. Es war okay, denke ich.«

»Nur okay? Sanna, das klingt nicht so, als ob es gut gelaufen wäre.«

Sollte ich ihr von meinen Bedenken erzählen? Sie nutzt mein Zögern und legt los: »Weißt du eigentlich, wie wichtig das alles ist? Ist dir das bewusst? Du musst aufpassen, was du sagst. Jedes Wort kann gegen dich verwendet werden. Und gegen uns, Sanna.«

»Ich weiß, Mama. Ich habe nichts Falsches gesagt.«

»Sicher?«, fragt sie skeptisch.

»Ja, Mama. Wirklich.«

»Gut, dann ist ja alles in Ordnung.«

Ich spüre, wie sich ein Kloß in meinem Hals bildet. Warum ist sie immer so streng und kontrollierend? Warum kann sie nicht einfach stolz auf mich sein? »Danke, Mama«, sage ich tonlos. »Ich muss jetzt Schluss machen. Ich melde mich morgen wieder.«

Ich lege auf, fühle mich leer und traurig. Warum ist es so schwer für meine Mutter, mir einfach zu sagen, dass sie stolz auf mich ist? Warum sieht sie nie, dass ich mein Bestes gebe? Ich schließe die Augen und atme tief ein und aus. Ich werde nicht zulassen, dass ihre Worte mich runterziehen. Ich bin stolz auf mich und das, was ich erreicht habe. Das ist alles, was zählt.

Die Tür in der oberen Etage fliegt auf und ich schrecke zusammen. »Hey, was soll das, willst du mir Todesangst einjagen?«, rufe ich nach oben, als ich Chris aus der Tür kommen sehe.

»Ich hab mich um eine Etage vertippt und der Aufzug hat mich direkt ins Schlafzimmer gebracht«, sagt er und lächelt schelmisch.

Ich höre, wie er seine Tasche auf den Boden stellt. Er kommt die Treppe herunter, bleibt vor dem großen Wandspiegel stehen und streicht sich über seine Haare.

Nachdem er es sich auf dem Barhocker bequem gemacht hat, winkt er mich zu sich herüber und zieht mich dicht an sich. »Willst du mich eigentlich immer noch heiraten? So zerzaust und ungepflegt?«

Ich streichele über sein Haar und gebe ihm einen zarten Kuss auf die Schläfe, während er seine Arme um mich schlingt. »Mein Tag war verdammt hart«.

Sein Blick wandert zu der leeren Bierflasche neben der Spüle. »Hattest du Besuch?«

»Josua war hier. Ich habe ihm einige meiner Skizzen gezeigt, du weißt schon, die, die du ...« Sobald ich seinen fragenden Blick sehe, fällt mir wieder ein, dass er eingeschlafen ist, als ich ihm von meinem neuen geheimen Projekt erzählt habe.

»Ich hoffe, er konnte dir helfen.«

Er war interessiert im Gegensatz zu dir, denke ich und beende das Thema, bevor die innere Enttäuschung zu groß wird.

»Ich habe dich vermisst. Wollen wir auf die Couch?«, frage ich ihn.

»Mein Vater macht es mir aktuell nicht leicht ... Wie lief denn dein Tag?«, fragt er mich, als wir zusammen auf dem Sofa liegen.

Ich weiß es zu schätzen, dass er ernsthaft interessiert an diesem Gespräch ist, da er sein Handy zur Seite legt und mich mit seinen tiefbraunen Augen anschaut. Das Interview spricht er nicht an. »Ganz gut. Meine Mutter hat vorhin angerufen.«

»Okay.«

»Ich werde ein paar Tage rüberfahren. Hast du vielleicht Lust, mich zu begleiten?«

Er legt seinen Kopf an die Lehne und denkt nach. »Hör mal, du weißt doch, dass ich aktuell viel um die Ohren habe. Ich schaffe es kaum aus dem Büro raus, mein Vater kann es nicht lassen, mir eine Aufgabe nach der anderen zu geben. Fahr doch allein. Nächstes Mal komme ich mit.«

Das hat er einige Male gesagt. Versprochen. Und trotzdem war ich auch an Weihnachten allein bei meiner Familie.

»Außerdem, fällt dir nicht langsam die Decke auf den Kopf?«

»Wie kommst du denn darauf?«, reagiere ich mit einem zickigen Unterton.

»Du könntest Josua mitnehmen, der hat doch sicherlich nichts zu tun.«

»Wow«, antworte ich, nicke sichtlich verärgert und klatsche in die Hände. »Wieso wundert mich diese Antwort überhaupt?« Es war ja nicht das erste Mal. »Wie du meinst. Ich fahre allein«, sage ich, stehe auf und verziehe mich ins Schlafzimmer.

»Ach, komm schon. Wie geht's Josua eigentlich? Hab ihn lange nicht mehr gesehen«, höre ich ihn hinterherrufen und bereue in diesem Moment, dass das Schlafzimmer keine Tür hat, die ich zuschlagen kann.

Ich finde nach seinen verletzenden Worten nur schwer in den Schlaf. Es stimmt, dass er viel zu tun hat, es stimmt, dass sein Vater viel von ihm verlangt. Das ist das Schicksal der Unternehmerkinder. Manche gehen ihren eigenen Weg. Andere, wie er, wie ich, folgen den Anweisungen, den Traditionen, steigen in das Familienunternehmen ein, obwohl wir als Kinder eigene Pläne hatten. Aber was sagt denn schon die Kindheit über den zukünftigen Lebensweg aus? Sie ist bloß ein Meilenstein von so vielen.

Unsere Eltern sind auf Augenhöhe. Sind sich sympathisch, auch wenn sie sich nur ein einziges Mal getroffen haben. Chris wiederum gibt sich Mühe, es sich nicht anmerken zu lassen, dass er meine Familie nicht mag. Er meidet sie, so gut und oft es geht. Jegliche Versuche, mit ihm darüber zu sprechen, enden in einer Diskussion. Ich muss es akzeptieren. Auch wenn er es nie ausgesprochen hat, weiß ich, dass er sie nicht ausstehen kann. Seit dem ersten Treffen, dem Kennenlernen, herrscht zwischen beiden Parteien eine gewisse Spannung. Auch wenn keine der beiden Seiten es zugeben will.

»Josua ist etwas länger geblieben, um dich zu sehen«, nuschele ich in mein Kissen, als sich Chris zu mir legt.

»Ich dachte, du schläfst schon. Ehrlich? Wieso hast du denn nichts gesagt?«

»Tue ich doch. Jetzt.«

»Ich wollte früher kommen, doch ...«

»Sein Date hat ihn versetzt und, um sich den Abend zu versüßen, hat er sich dann mit der Blondine aus dem *Jakes* getroffen«, unterbreche ich ihn.

»Ah, die Freundschaft plus?«, antwortet er und lacht. »Ach ja, der gute alte Josua.«

Chris zieht mich an sich, und auch wenn mir gerade nicht nach Nähe ist, genieße ich seine Zuwendung.

Josua und Chris kennen sich aus Sandkastenzeiten. An dem Tag, als mich mein netter Nachbar zur Party mitnahm, lernte ich sie beide kennen. Josua, der mich direkt anbaggerte und von mir eine nette Abfuhr bekam, um mir im Nachgang Chris vorzustellen, den ich von Anfang an attraktiv fand. Erst waren es nur tiefe Blicke, die wir austauschten, während Josua betrunken Geschichten über ihn und sich erzählte. Doch es blieb mir nicht verborgen, dass er bei jedem Satz auf meine Lippen schaute. Von meinen Lippen zurück in meine Augen. Wenige Worte und einige Drinks später küssten wir uns endlich, und diese Küsse fühlten sich so innig und schön an, wie ich es lange nicht mehr empfunden hatte. Ich spürte, dass er anders war und dass dieser Kuss nicht der letzte bleiben würde. Aus dem guten Gefühl entwickelten sich Schmetterlinge, die in meinem Bauch herumflatterten, die lange in ihrem Kokon darauf gewartet hatten. Für mich war es Liebe auf den ersten Blick. Doch auch diese Liebe schien abzuflauen. Wie jede.

»Heute war übrigens das große Interview«, sage ich, doch statt einer Antwort höre ich leise, gleichmäßige Atemzüge.

Kapitel 3

Ich erwische mich dabei, wie ich leer und verträumt auf meinen Bildschirm starre. Motivation sieht anders aus. Als Schmuckdesignerin diese lieblosen Skizzen der Kollegen zu prüfen, bringt mich um. Es fühlt sich an, als würde jede Zelle in mir, die für Schmuck brennt, absterben. Doch meine Hände sind gefesselt. Jegliche Versuche, mit meinen Eltern darüber zu sprechen, sind gescheitert. Sie beharren auf dem Bekannten, auf den Traditionen und auf den Gewohnheiten. Sie verschließen sich vor dem Neuen. Wenn sie nur wüssten, was wir erreichen könnten, wenn sie mich mal lassen würden. Nicht umsonst bin ich nach Hamburg gezogen, weit weg von ihnen, um mich zu entfalten. Doch was bringt mir die Entfaltung, all die Inspirationen dieser Großstadt, wenn ich sie nicht nutzen darf? Es fühlt sich an, als würde ich Tag für Tag ein Leben führen, das nicht mir gehört. Egal, von wo ich arbeite, egal, wie viele Kilometer ich von meinen Eltern getrennt bin, ich werde den Käfig nicht los. Wie ein Wellensittich, der zum Fliegen rausgelassen wird, doch abends wieder zurück in sein Gefängnis muss. Genau so fühlt es sich an.

So oft habe ich mir vorgenommen, meinen eigenen Weg zu gehen, aber außer, dass ich nun in Hamburg wohne und von hier aus weiter für unsere Firma arbeite, bin ich keinen Schritt vorangekommen. Ich erinnere mich daran, wie meine Mutter mich belächelt hat, als ich ihr von meinen Träumen erzählt habe, damals, nachdem ich mein Abitur bestanden hatte. Endlich geschafft, endlich frei, dachte ich. Wie lächerlich. Ich habe mich für Goldschmiedekurse angemeldet, obwohl meine Eltern dagegen waren. Ich log und erzählte ihnen, dass dieses Hintergrundwissen, dieses Handwerk, sehr wichtig sei für die Firma, für die Zukunft unseres Familienunternehmens. Doch dass ich Feuer und Flamme war und handwerklich begabt, das verschwieg ich. Ich sollte Teil der Geschäftsführung werden. Dafür sollte ich studieren, eine Akademie besuchen und täglich pendeln. Die Ausbildung zur Goldschmiedin durfte ich nicht machen. »Du sollst Geld verdienen, nicht Zeit verschwenden«, mahnte meine Mutter regelmäßig. »Wir sind nicht auf der Welt, um die Drecksarbeit zu machen«, hatte sie einige Male gesagt, und diese Worte brannten sich ein. Eine Geschäftsführerin, die Inhaberin unseres Schmuckimperiums, sprach so schlecht über das Handwerk, ohne das unsere Firma nicht einmal existieren würde. Es ging ihr immer nur ums Geld. Anders mein Vater, gelernter Goldschmied. Ein Mann mit einem großen Herz.

Ich seufze tief und klappe mein Notebook zu. Warum tue ich das nur? Warum gehe ich immer wieder zurück in diese Welt, die mich erstickt? Aber ich weiß die Antwort nur zu gut. Es ist meine Familie, es sind meine Wurzeln, meine Verpflichtung gegenüber der Firma und letztlich auch gegenüber mir selbst. Ich kann nicht einfach alles hinter mir lassen und meinen eigenen Weg gehen, ohne dass es Konsequenzen hätte.

Ich stehe auf und gehe zu meinem Schreibtisch, um weiter an meiner eigenen Kollektion zu arbeiten. Ich versuche mich zu konzentrieren, aber meine Gedanken schweifen immer wieder ab. Ich denke an meinen Vater, der einmal ein so leidenschaftlicher Goldschmied war, aber durch meine Mutter und ihre finanziellen Ambitionen in der Firma immer mehr in den Hintergrund gedrängt wurde. »Ach, das macht doch alles gar keinen Sinn. Vielleicht sollte ich doch noch einmal mit meiner Familie über meine Arbeit sprechen.«

Ich nehme mein Handy in die Hand und tippe meiner Mutter eine Nachricht. »Ich mache mich morgen früh auf den Weg nach Hause. Wird Zeit, mich mal wieder in der Firma blicken zu lassen.«

Kapitel 4

Am Bahnhof ist es kalt, nass und windig. Ich liebe diese Stadt. Wie oft habe ich mir in der Vergangenheit gewünscht, aus dem Zug auszusteigen und nicht mehr zurückfahren zu müssen. Dieser Wunsch lag lange Zeit tief verborgen in meinem Inneren, genauer gesagt seit der ersten Klassenfahrt in der fünften Klasse. Damals kam mir die Idee verrückt vor, irgendwie absurd. Weg aus Kassel, weg von meiner Familie? Unvorstellbar. Doch nun ist Hamburg meine Heimat. Ich bin keine Touristin mehr, ich wohne und lebe hier, führe eine Beziehung, habe Freunde und meine Stammcafés.

Der Regen, von dem ich überrascht werde, lässt mich bereuen, dass ich mich heute Morgen für meinen neuen superteuren Kaschmirwollmantel entschieden habe. Die nächsten zwanzig Minuten verbringe ich in der hintersten Ecke eines urigen Cafés im Bahnhof, froh darüber, dass Chris und ich uns vertragen haben und heute Morgen noch einen Kaffee zusammen trinken konnten. Wir haben uns mit einem flüchtigen Kuss verabschiedet, bevor ich meine Wohnung verlassen habe, um mich auf den Weg zum Bahnhof zu machen. Wobei die Wohnung inoffiziell nicht mehr mir allein gehört. Seit dem Heiratsantrag vor zwei Monaten reden wir darüber, dass er seine Wohnung aufgibt und zu mir zieht. Es war sowieso an der Zeit, da er eigentlich kaum noch in seiner Wohnung ist.

Während ich meinen Kaffee schlürfe und die Menschen beobachte, die das Café betreten und verlassen, denke ich zurück an den ersten Tag hier in Hamburg. Mein Vater hat mir mit meinem Bruder zusammen beim Umzug geholfen. Als wir am Hafen entlangschlenderten und er in sein Fischbrötchen biss, war er sich sicher, dass das Fischbrötchen der Grund für meinen Umzug war. »Ja, das ist auch ein Grund«, bestätigte ich lächelnd und beobachtete die schick gekleideten Menschen, die hier an jeder Ecke standen. Innerlich hatte ich gehofft, irgendwann einen dieser schicken, attraktiven Männer zu daten. Dass es jedoch so schnell gehen würde, damit hatte ich nicht gerechnet. Die Männer trugen elegante Anzüge oder lässig Chino und Hemd, die Ärmel hochgekrempelt, so wie Chris oft gekleidet ist. Die Frauen in stilvollen Mänteln und Pumps oder casual chic in Sneaker und Blazer, auf der Straße, um Content für Instagram zu generieren, wovon ich nicht so viel halte. Junge Mädels, die völlig aufgeregt am Straßenrand stehen und keine Gelegenheit auslassen, ihren Lieblingsinfluencer auf der Straße zu stalken. In Kassel kann man so etwas weniger beobachten. Doch ich möchte meine Heimat nicht klein machen. Obwohl sie keine Großstadt ist, trifft man zu Documenta-Zeiten Menschen aus der ganzen Welt, die eine Leidenschaft teilen – die Kunst. Für mich ist diese Zeit etwas Besonderes. Ich bin zwar nicht kunstbegeistert, aber die verschiedenen Menschen, die zu dieser Zeit aus verschiedenen Kontinenten zusammenkommen, geben mir Impulse und Inspiration für meine Schmuckkollektionen. Meine Eltern haben sie meistens abgelehnt. »Weil sie nicht zu uns passen«, habe ich sie oft sagen hören.

Ich bestelle bei einer hübschen Brünetten noch einen Café Creme für die Zugfahrt. Sie trägt einen silbernen Ring an ihrem rechten Zeigefinger – schlicht und dennoch besonders. Die Kreolen aus Silber harmonieren perfekt mit ihrem Bobschnitt und schmeicheln ihrem Gesicht. Ich beobachte eine ältere Dame, die zwei Teller mit Erdbeerkuchen zu dem Tisch am Fenster, an dem ihr Ehemann sitzt, trägt. Um ihre Handgelenke schmiegen sich Armbändchen aus echtem Gold, die eine Geschichte erzählen. Während sie Schritt für Schritt auf ihn zugeht, steht er bereits auf, um sie zu empfangen und ihr die Teller abzunehmen.

»Ein Café Creme für Sanna«, wiederholt die

Stimme. Wie romantisch, denke ich und erwische mich dabei, wie ich lächelnd zu dem älteren Paar herüberblicke. Peinlich berührt greife ich nach dem Becher und quetsche mich zwischen zwei Frauen hindurch nach draußen.

Ob Chris das auch für mich tun würde, wenn ich alt und gebrechlich bin? Echte Gentlemen gibt es heutzutage doch gar nicht mehr. Zumindest kenne ich keinen.

Während ich im Zwei-Minuten-Takt die Uhrzeit auf meinem Handy nachsehe und in zügigen Schritten zu meinem Gleis gehe, frage ich mich, ob es endlich an der Zeit ist, meiner Familie von dem Heiratsantrag zu erzählen. Chris und ich haben noch nicht über die Hochzeitsfeier, geschweige denn über den Zeitpunkt gesprochen. Es gab einen Antrag, ich trage seinen Ring am Finger, aber weiter sind wir noch nicht gegangen. Wenn ich es meinen Eltern erzähle, wird alles sehr schnell gehen müssen. Meine Mutter wird den weltbesten Hochzeitsplaner engagieren und alles bis ins kleinste Detail planen. Aber wollen Chris und ich das wirklich?

Mein Handy vibriert. Die Kachel auf meinem Bildschirm zeigt das Gesicht meines Bruders, ehe ich das Gespräch annehme. »Tom? Na, freust du dich schon auf mich?«

»Lieblingsschwester! Ich habe gehört, dass du uns die Ehre erweist. Dein Gesicht live zu sehen, ist definitiv besser als über den Bildschirm in einer Videokonferenz. Aber du hältst dich in letzter Zeit ziemlich zurück, oder?« Ich fühle mich ertappt und fahre mir durch die Haare, wodurch mir fast das Handy aus der Hand fällt.

»Werden wir uns später sehen?«, weiche ich aus.

»Okay, antworte nicht auf meine Frage. Aber ja, ich denke, wir werden uns heute Abend sehen. Immerhin geht es mich ja auch etwas an.«

»Was meinst du?«

»Ich kenne Sander bereits, aber ich dachte, es macht die Situation etwas leichter für dich, wenn ich dabei bin.«

»Welche Situation? Was ist heute Abend los, und wer ist Sander?«

»Hat man dich nicht eingeweiht? Ich dachte, es war deine Entscheidung. Oder willst du wieder nach Kassel ziehen?«

»Nein. Ich wollte euch nur für ein paar Tage besuchen. Mama meinte, es gäbe ein paar Dinge, die sie mit mir besprechen möchte, aber sie hat keine Details genannt.« Ich steige in die Bahn ein. »Warte mal einen Moment, ich muss schauen, welchen Sitzplatz ich reserviert habe.« Nachdem ich meinen Koffer verstaut und mich ans Fenster gesetzt habe, nehme ich das Handy wieder ans Ohr. »Wo waren wir stehen geblieben?«

»Du weißt also gar nichts?«

»Nein?!«

»Sander ist dein Nachfolger.«

»Was?«

»Nun ja, es hieß, dass du in Hamburg bleiben wirst. Du willst deinen Posten nicht mehr, willst dich etwas zurückziehen und dich intensiver mit den Kollektionen beschäftigen.«

»Was meinst du mit zurückziehen? Aus der Geschäftsleitung?« Ich schlucke diesen riesigen Kloß in meinem Hals herunter und habe für einen Moment das Gefühl, dass mir die Luft wegbleibt. »Ich höre zum ersten Mal davon.« Stille. Ich bin enttäuscht, fühle mich vor den Kopf gestoßen. »Und dieser Sander? Werde ich ihn heute Abend treffen?«

Toms Stimme ist ruhig. »Ja, heute Abend. Du solltest ihn kennenlernen. Wenn ich ehrlich bin, war ich selbst überrascht, als sie es mir letzte Woche mitgeteilt haben.«

»Das können sie vergessen«, sind meine letzten Worte, bevor ich auflege und eine Träne meine Wange herunterläuft.

»Entschuldigung, ist hier neben Ihnen noch frei?«

Ich blicke zu einem großen Mann hoch, der eine Aktentasche unter seiner Achsel geklemmt trägt.

»Nein, besetzt«, sage ich fest und deutlich wie nie zuvor.

Kapitel 5

Nach einer fünfstündigen Zugfahrt stehe ich vor dem Haus meiner Eltern, einer alten Stadtvilla in Brasselsberg, einem Stadtteil von Kassel. Die Villa wird von purer Natur, dem Habichtswald, umrahmt. Ein liebevoll gepflegter Vorgarten mit bunten Blumen und perfekt geschnittenem Rasen erwartet mich hinter dem imposanten Eingangstor. Meine Mutter kümmert sich seit ihrem Ruhestand selbst um das 360 Quadratmeter große Grundstück. Jeder Zentimeter ist perfekt geplant, umgesetzt und gepflegt.

Ich hatte etwas Zeit, den Schock zu verdauen. Im Zug habe ich tief ein- und ausgeatmet und mich darauf vorbereitet, mir nichts anmerken zu lassen, wenn ich meine Mutter begrüße. Bevor ich jedoch auf die Klingel drücken kann, wird die Tür aufgerissen.

»Hast du getrödelt oder hatte dein Zug Verspätung?«, fragt meine Mutter. Was für eine freundliche Begrüßung. Doch sie umarmt mich, und obwohl ich ihre Kälte mir gegenüber spüren kann, habe ich das Gefühl, dass sie mich dieses Mal fester drückt als gewöhnlich. »Du kommst allein«, stellt sie fest und blickt auf mein Gepäck.

Ich nicke. »Er muss arbeiten. Dafür bleibe ich eine ganze Woche und schaue in der Firma vorbei.« Während ich spreche, spüre ich erneut einen Kloß in meinem Hals.

Wir gehen über die große Massivholztreppe in das obere Stockwerk, wo auch mein altes Zimmer ist. Obwohl ich das Charisma dieses Hauses aus dem 20. Jahrhundert liebe, bevorzuge ich meine helle, lichtdurchflutete Maisonette-Wohnung am Hamburger Hafen.

»Dein Vater wird sich freuen, dass du ausnahmsweise mal länger als einen Tag bleibst.«

Wir bleiben vor der Tür seines Arbeitszimmers stehen.

Den Abend verbringen wir im großen Esszimmer. Der Tisch ist wundervoll gedeckt mit schwarzen Untersetzern, teurem Porzellan, gefalteten Servietten und zarten Blumen in Pastelltönen, neben Antipasti, Baguette und Dips. Es ist eine Geste für die Ankündigung, die mich gleich erwartet. Wut breitet sich in mir aus, als ich frage: »Ist das alles für mich? Gibt es denn etwas zu feiern?«

Während meine Mutter uns Wein einschenkt, schüttelt mein Vater sanft und mit einem warmen Lächeln den Kopf. »Wir freuen uns sehr, dass du hier bist, Sanna.«

Ich frage mich, wann ich wohl Sander antreffen werde.

»Liebes, gab es nicht noch etwas, worüber du mit uns sprechen wolltest?«

Mein Bruder und ich blicken uns fragend an, ich lache verlegen.

»Das Interview?«, frage ich nach und meine Augen wandern erneut zu meinem Bruder, der verstohlen wegschaut. »Ich dachte, es gäbe etwas, das ihr mir mitteilen möchtet, ich meine ... der ganze Tisch ist voll mit Köstlichkeiten, die du selbst zubereitet hast, richtig?«, frage ich und nippe betont entspannt an meinem Glas.

Tom kratzt sich am Kopf, meine Eltern mustern mich.

»Wir hören?« Meine Mutter stellt ihr Glas ab und sieht mich erwartungsvoll an.

Gut, dann mache ich wohl den Anfang. »Das Interview lief gut, es wird in der nächsten Ausgabe veröffentlicht.«

»Wie sieht es mit der Bewerbung der neuen Sommerkollektion aus?«, fragt meine Mutter und reckt ihr Kinn hervor.

»Sobald die neuen Anzeigen fertig sind, werde ich sie der Lilique zuschicken, dann werden sie schon etwas Schönes daraus machen.«

»Meinst du? Ich hoffe, wir können das Interview vor Veröffentlichung lesen, damit wir notfalls eingreifen können.«

»Ihr braucht euch keine Sorgen zu machen. Es wird nichts an die Öffentlichkeit gelangen, was nicht an die Öffentlichkeit soll. Ich habe meine Antworten bedacht gewählt, Mutter«, sage ich. Im selben Moment passiert mir ein Missgeschick und die kleine Salatschale, die links neben mir stand, fällt zu Boden.

»Sanna!«, mahnt meine Mutter erschüttert.

»Alles gut«, sage ich, obwohl meine Kehle brennt und ich nicht sagen kann, ob es vom Wein oder von meiner Magensäure kommt. Ich bin wütend und fühle mich mit dreißig Jahren wieder wie siebzehn. Wieso komme ich mir in diesem Haus wieder wie ein Kind vor, das ermahnt wird und sich rechtfertigen muss, um es seinen Eltern recht zu machen?

Nachdem ich den Salat aufgesammelt habe, fragt Tom nach unserer Haushälterin.

»Wir haben ihre Stunden gekürzt«, antwortet unsere Mutter.

»Auch wenn ich immer noch der Meinung bin, dass es keine gute Idee war«, sagt mein Vater und schaut mit einem mahnenden Ausdruck durch seine Brillengläser zu ihr hinüber. »Du machst viel zu viel im Haus. Du solltest dich langsam etwas zurücknehmen.«

»Wir haben viel zu viele Jahre mit Arbeit, Arbeit und noch mehr Arbeit verschwendet«, sagt meine Mutter überraschend. Kommen diese Worte wirklich aus ihrem Mund?

»Ohne unsere Firma könnten wir nicht dieses Leben leben, mein Herz«, entgegnet mein Vater nachdenklich. Beide schauen sich an und kommunizieren stumm. »Lasst uns den Abend genießen.«

»Ich möchte mich selbst um meinen Garten kümmern, ich möchte selbst unseren Teppich saugen und mein Haus so dekorieren, wie es mir lieb ist. Jahrelang habe ich mich darüber geärgert, dass die Haushaltshilfe meine Vasen falsch aufstellt. Jahrelang«, betont meine Mutter.

»Tom, kannst du mir bitte helfen?«, frage ich und wische das Dressing vom Boden. Er beugt sich zu mir herunter und fragt: »Wobei?«

»Wo bleibt er denn, dieser Neue?«, frage ich.

»Er hat abgesagt. Du siehst ihn morgen«, flüstert er zurück und erhebt sich wieder. »Ist besser so«, fügt er hinzu.

Kapitel 6

Am nächsten Morgen werde ich von Vogelgezwitscher geweckt, dabei hatte ich mich darauf gefreut, ausschlafen zu können. Ich drücke mich tiefer in die Matratze, doch dieser nervenzerreißende Vogel zwingt mich aus dem Bett. Ich stelle mich vor das Fenster und klopfe gegen das Glas, bis er verstummt. »Guten Morgen, Kassel, ich weiß schon, warum ich dieses Haus verlassen habe«, murmele ich mürrisch.

Als ich das Wohnzimmer betrete, sehe ich meinen Vater, der wütend die Zeitung auf den Tisch wirft. Seine Stirn ist von Zornesfalten durchzogen und er schüttelt grimmig den Kopf. Ich bekomme einen Knoten im Magen. Ich erinnere mich daran, dass ich gestern Nacht im Halbschlaf eine E-Mail von Frau Vachel gesehen, aber nicht geöffnet habe. Heute Morgen habe ich es einfach vergessen. »Ich habe die Druckfreigabe noch nicht erteilt«, rechtfertige ich mich und mein Vater schaut irritiert zu mir auf.

»Guten Morgen, Sanna.«

»Ist es schlimm?«, stammle ich.

»Ja, furchtbar schlimm«, antwortet mein Vater. »Eine halbe Seite über diesen Knecht.«

»Wen?«, frage ich irritiert.

»Silberlicht – die neue, moderne Schmuckmarke aus Kassel.«

»Hä? Hieß nicht mal ein Mitarbeiter von uns so?«

»Ja, der kleine Knecht, der nichts in der Birne hatte, meint nun, uns Konkurrenz machen zu können. Hach, da kann er lange drauf warten. Grinst mit seinem Kahlkopf, als sei er ein Star. Eine Lachnummer.« »Okay ... Da scheint jemand aber echt verärgert zu sein«, stelle ich fest. »Papa?« Auch wenn ich weiß, dass der Moment unpassend ist, möchte ich endlich Antworten auf meine Fragen, die es mir gestern Nacht schwer gemacht haben, überhaupt in den Schlaf zu finden.

»Natürlich.« Er blickt durch seine Brillengläser, doch noch bevor ich etwas sagen kann, marschiert meine Mutter mit einem Blumenstrauß in der Hand durch die Tür.

»Schaut mal, frisch aus meinem Garten. Sind die nicht hübsch?«

»Ich mache mich dann mal fertig fürs Büro. Fahren wir zusammen, Papa?«

Ich eile zurück in mein Zimmer, öffne mein Notebook und klicke auf die E-Mail von Frau

Vachel. Was ich sehe und lese, lässt das Blut in meinen Adern gefrieren. »Ach du Scheiße.«

Die Überschrift lautet: »Sanna Maikraft: Ich liebe meine Freiheit. Ein Baby will ich trotzdem.« Nervös lese ich weiter: »Im Interview spricht die Unternehmertochter und Gesellschafterin Sanna Maikraft über ihr Privatleben, ihren Freund und ihren Kinderwunsch.

Sanna Maikraft zeigt sich endlich in der Öffentlichkeit.

Die gebürtige Kasselerin lebt aktuell mit ihrem Noch-Freund in Hamburg. Hier hat sie sich zurückgezogen und versteckt, um neben ihrer Arbeit als erfolgreiche Schmuckdesignerin im Homeoffice eine Familie zu gründen. Die im Sternzeichen Löwe geborene Dame weiß, was sie will, und das darf nun auch an die Öffentlichkeit: Karriere, Liebe und Familie.

Auf die Frage, ob ihr Freund, der uns noch nicht bekannt ist, Mitspracherecht in der Beziehung und Familienplanung hat, lacht sie und weicht aus.

Diesen Sommer wird sie dreißig. Was möchte sie bis dahin unbedingt erledigt haben? Die Lilique ist sich sicher: ein Baby. Dann drücken wir dem Paar mal die Daumen, dass es schnell klappt. Familie ist sicherlich erfüllender als die Karriere, nicht wahr, Frau Maikraft? ;-)«

»Diese blöde Kuh!«. Ich dachte, wir hätten uns gut verstanden. Ich war seriös und direkt und hatte ihr dennoch einige interessante Fakten über mich erzählt. Doch dann hat sie alle Informationen über meine Kollektionen weggelassen, meine Ziele und Pläne verdreht und aus allem einen Mist zusammengeschrieben. Ich hatte lediglich erwähnt, dass ich mir irgendwann eine Familie vorstellen kann. Mehr nicht. Ich war naiv zu glauben, dass sie es gut mit mir und meinen Kollektionen meint. Wie sollte ich diese erfundenen und gelogenen Statements meiner Familie und meinem Verlobten erklären? Josua hatte recht! Wie hinterhältig ist diese Branche bitte? Mit pulsierenden Adern wähle ich ihre Nummer. Ich werde vor Gericht gehen! Sie kann sich warm anziehen, wenn dieser Bericht so veröffentlicht wird.

Gegen Mittag treffe ich meine Mutter im Garten und vermeide es, mit ihr über das Interview zu sprechen, obwohl mir das Blut noch ins Gesicht schießt. Ich erwähne auch nichts über die Schlagzeile. Da ich Frau Vachel nicht persönlich erreichen konnte, hinterließ ich ihr eine Nachricht und schrieb zwei E-Mails mit der Bitte um Rückruf und Korrektur.

Nachwuchs war für uns noch kein Thema. Es gab Situationen, in denen ich daran dachte, wie es wäre, irgendwann Mutter zu werden, aber im hektischen Arbeitsalltag, besonders bei Chris, war das Thema nicht wirklich diskutabel. Wir liebäugelten ab und zu mit dem Gedanken, uns einen Hund zu holen, aber für Kinder waren wir definitiv noch nicht bereit.

Kapitel 7

Anspannung breitet sich in mir aus – vor Aufregung. Ja, ich als Unternehmertochter und Führungsperson bin aufgeregt, unsere Mitarbeiter wiederzusehen. Es ist das erste Mal seit über einem Jahr, dass ich wieder persönlich in der Firma bin, mit erhobenem Haupt und in Begleitung meines Vaters, dem Geschäftsführer. Der Eingangsbereich hat sich verändert. Meine Eltern haben in ein neues Logo investiert, das nun groß und leuchtend über dem Empfangstresen und der Empfangsmitarbeiterin hängt: GOLDKRAFT.

»Ist sie neu?«, frage ich meinen Vater, nachdem sie uns freundlich zugenickt hat und weiter am Telefon spricht.

»Ja, wir haben sie erst vor Kurzem als Vertretung für Frau Breuer eingestellt. Sie ist in Elternzeit.«

Die Türen des Aufzugs öffnen sich. »Und ich wäre nicht abgeneigt, wenn ich in naher Zukunft auch Großvater werden würde.«

Ich stöhne genervt und verdrehe dabei die Augen.

»Ist sie verheiratet?«

Mein Vater blickt zu mir herüber. Die Fahrstuhltür gleitet auf. »Ja, mit Daniel Lang-Mayr. Liest du deine E-Mails nicht?«

»Unser Anwalt?«

»Nicht so laut, Sanna. Sonst wird es gleich peinlich.«

Ich schüttele schockiert den Kopf.

»Du hast einiges verpasst. Ja, er war unser Anwalt, jetzt ist er es nicht mehr. Er hat das Unternehmen verlassen.«

Mein Vater hatte recht. In meinem Berufsalltag arbeitete ich nach dem Briefkastensystem. Hm, vielleicht auch nach dem Für-Sanna-irrelevant-System. Unwichtige E-Mails werden überflogen. Dennoch ließ mich die Information schmunzeln: unsere Empfangsmitarbeiterin mit unserem Unternehmensanwalt. »Wo die Liebe hinfällt.« Aber ich freue mich für sie.

»Was machst du den ganzen Tag zu Hause? Lass das nicht deine Mutter erfahren.«

»Was?«

»Na, dass du in Hamburg Däumchen drehst.«

»Tue ich gar nicht, und das weißt du. Ich arbeite an den Kollektionen. Ich muss dir unbedingt die neue zeigen, sie ist wunderschön geworden.«

»Du weißt, dass dein Spielraum eingeschränkt ist. Unsere Zielgruppe mag es schlicht. Schlicht und elegant. Nicht extravagant.«

»Du hast sie doch noch gar nicht gesehen.«

»Konzentrier dich auf das Wesentliche. Es gibt Dinge, die du heute erfahren wirst und die dir eventuell nicht gefallen werden.«

»Was meinst du?« Die Türen des Fahrstuhls gleiten auf.

»Darf ich dir Marcus Sander vorstellen?« Mich blickt ein sehr gut aussehender Mann mit dunklen Haaren und tiefbraunen Augen an, der neben meinem Bruder steht und mich freundlich begrüßt.

»Hallo«, trete ich auf ihn zu und strecke ihm meine Hand entgegen. »Sanna Maikraft.«

Er nickt leicht. »Sie sind also die Kreative, lassen Sie mich das korrigieren, die Kreativste dieser Firma, der Diamant ihrer Schmuckkollektion?«

Mein Bruder hustet.

»Ähm ... Welche Position haben Sie in unserer Firma noch einmal?«, frage ich provokant mit hochgezogenen Augenbrauen, da mich sein plumper Anmachversuch in Anwesenheit meiner Familie in Verlegenheit bringt. Mein Bruder greift ein und rettet mich aus dieser peinlichen Situation.

»Sanna, Herr Sander ist unser neuer Anwalt und Prokurist.«

Ich erstarre. Der attraktive Anwalt mit dem festen, freundlichen Blick spricht weiter, bevor ich etwas sagen kann. »Wir hatten noch nicht die Gelegenheit, uns kennenzulernen, aber ich freue mich sehr, mit Ihnen über die Zukunft Ihrer Firma zu sprechen.«

»Okay«, stammele ich. »Wie ich sehe, habe ich hier einiges verpasst.«

»Gut, ich würde mich mal wieder an die Arbeit machen. Wir sehen uns heute sicherlich noch mal.«

»Davon gehe ich aus«, sage ich und werfe Tom einen kühlen Blick zu.

»Hat mich gefreut, Sie kennenzulernen«, sagt Herr Sander zum Abschied.

Nachdem er die Tür geschlossen hat, steht mein Bruder auf und öffnet seine Arme. »Komm her, lass dich drücken. Nach so einem Überfall am frühen Morgen. Es tut mir leid, dass du es auf diese Weise erfahren musstest. Willkommen zurück in der Firma.«

»Das ist doch ein Scherz, oder? Wieso erfahre ich als Letzte davon? Wofür brauchen wir einen Prokuristen?« Ich löse mich aus seiner Umarmung. In diesem Moment öffnet sich die Bürotür erneut und unsere Mutter stolziert mit einem strengen Dutt hinein.

»Was machst du denn hier?«, fragen Tom und ich fast gleichzeitig.

Sie streift an unserem Vater vorbei, legt ihre Tasche auf einem der Ledersessel an dem Besprechungstisch ab und wirft mir einen ernsten

Blick zu. »Sanna, mein Schatz. Setz dich bitte. Ich habe Herrn Sander eben getroffen und erfahren, dass ihr euch kennengelernt habt, euch vorgestellt wurdet. Ich hatte gesagt, dass dies nicht ohne meine Anwesenheit geschehen soll!« Ihr wütender Blick trifft Tom und unseren Vater.

»Er war in meinem Büro. Es war nicht geplant. Ihr hättet es ihr gestern beim Essen mitteilen können«, reagiert Tom auf ihre Ansage.

»Kann mich jemand bitte mal aufklären? Ich kann euch nicht mehr folgen.«

»Setzen«, fordert unsere Mutter uns auf. Die Sekretärin meines Bruders schielt durch die Tür. »Herr Maikraft, soll ich Ihren Termin um elf Uhr verschieben?«

»Ja, bitte. Auf heute Nachmittag, wenn möglich.« Auch Tom lässt sich in einen der Ledersessel sinken.

»Na gut, hör zu, mein Kind. Wir sind dankbar, dass du nach Kassel gekommen bist. Ehrlich.« Sie faltet ihre Hände zusammen. »Ich meine, wie lange haben wir dich jetzt nicht gesehen? Nun ja, es gab ein paar personelle Veränderungen, die du wahrscheinlich nicht mitbekommen hast, beziehungsweise aufgrund deines Umzugs für dich nicht relevant gewesen sind.«

»Natürlich sind diese Informationen relevant. Was hat das denn mit Hamburg zu tun? Ich ... Ich wohne zwar in Hamburg, arbeite aber dennoch für unsere Firma, Mutter. Ich meine ... Ich ...«

»Sanna, hör deiner Mutter erst einmal zu«, geht mein Vater dazwischen. »In letzter Zeit ist es häufiger vorgekommen, dass du nicht auf unsere Anrufe oder Nachrichten reagiert hast.«

»Es kam nur einmal vor, und ...«

»Lass mich bitte aussprechen«, fordert mich dieses Mal meine Mutter auf. »Wir haben uns lange Gedanken darüber gemacht und sind zu dem Entschluss gekommen, dass es so nicht mehr funktioniert. Du musst wieder zurück nach Kassel ziehen, in der Firma präsent sein. Täglich.«

Ich schlucke. Meint sie das ernst? Ich blicke in die Runde. Die drei Augenpaare fixieren mich und erwarten eine Antwort. Sie meint es ernst.

»Das werde ich nicht.«

Meine Mutter stößt ein kurzes Lachen aus. »Das hast du nicht zu entscheiden, Liebes. Du wirst hier anwesend sein.«

»Ich habe mir mein eigenes Leben in Hamburg aufgebaut, ich werde nicht zurückkommen.«

»Okay, kommen wir zum nächsten Punkt. Du weißt, wir lieben dich. Es ist nicht so, als seien wir nicht alle Optionen durchgegangen, doch für die Zukunft dieser Firma musst du hier vor Ort sein. Es geht nicht anders. Dein Vater und ich werden in naher Zukunft austreten.«

»Wohlverdient«, kommentiert mein Vater. »Wenn du mit Tom in derselben Hierarchie stehen möchtest, gibt es keinen anderen Weg.«

»Tom, jetzt sag doch bitte auch mal etwas dazu«, flehe ich ihn an. Er wendet seinen Blick ab, schaut aus dem Fenster. »Tut mir leid, Sanna«, nuschelt er.

Als sei das nicht der Höhepunkt, fordert meine Mutter meinen Vater auf, mir die letzte Nachricht zu überbringen. »Sanna, du musst dein Schmuckdesign erst einmal auf Eis legen. Nun ist es wichtig, dass wir uns Gedanken über die Zukunft dieser Firma machen, zum Fortbestehen. Es ist unser Familienunternehmen.«

Ich schüttele fragend den Kopf, auch dieses Mal komme ich nicht hinterher, kann ihnen nicht folgen.

»Sanna, deine Zeichnungen kannst du in deiner Freizeit machen. Lukrativ ist dieses Hobby nicht wirklich. Du wirst mit Tom zusammen die Geschäftsleitung übernehmen.«

»Mit Herrn Sander zur Unterstützung«, ergänzt Tom.

»Ich darf keinen Schmuck mehr designen? Das meint ihr jetzt nicht ernst!« Ein stechender Schmerz trifft mich. Ich spüre, wie Wut und Trauer gleichzeitig in meinem Körper auszubrechen versuchen und ich mit aller Kraft dagegen ankämpfe.

Meine Mutter erhebt sich und nimmt ihre Tasche. »Wir sprechen heute Abend noch einmal darüber, ich muss jetzt zu einem Arzttermin.«

Ich verlasse Toms Büro, gehe in meines, schließe die Tür und lasse meinen Tränen freien Lauf. Was soll ich jetzt bloß tun?

Ich blicke aus dem großen Fenster meines alten Büros, das nicht mehr genutzt wurde, seit ich nach Hamburg gezogen bin. Die große Linde davor lässt die letzten Sonnenstrahlen des Nachmittags herein. Die Sonne wird bald untergehen. Mein Blick bleibt an der Wand haften. Das Bild ist mindestens sechs Jahre alt. Tom und ich zusammen am Edersee, am Ferienhaus, unserem Rückzugsort. Wir waren nicht nur als Kinder in den Ferien dort, auch als Teenager und Anfang zwanzig sind wir oft dorthin gefahren, wenn wir mal den Kopf freibekommen oder einfach nur abschalten wollten.

Mehrmals lasse ich das Gespräch von heute Morgen Revue passieren. Ich bin am Ende meiner Kräfte. Meiner Gedanken. Wie soll es nun weitergehen? Ich liebe meinen Job, ich liebe es, Schmuck zu designen und zu kreieren. Ich möchte nichts anderes im Leben machen. Aber was ist mit Chris und unserer Wohnung in Hamburg? Wäre er bereit, mit mir nach Kassel zu ziehen? Niemals. Ich umklammere mich, reibe meine Arme und spüre, wie mich die Kälte überkommt, allein bei dem Gedanken, mit ihm darüber sprechen zu müssen. Könnte ich meine Eltern noch umstimmen? Ich denke nicht. Sie klangen sehr entschlossen, alles war bis ins Detail geplant und sie hatten mich nicht einmal vorgewarnt. Ich fühle mich so hintergangen, so fehl am Platz, allein gelassen von allen.

Es führt kein Weg daran vorbei. Ich muss eine Entscheidung treffen, bevor sie für mich getroffen wird. Endgültig. Ich nehme mein Handy in die Hand und wähle Chris' Nummer. Wir haben uns seit meiner Fahrt nach Hamburg am Samstagmorgen nicht mehr gehört und das Wochenende verging wie im Flug.

Ich lehne mich zurück und atme kurz durch.

Dann nimmt er ab. »Hey, schön, dass du dich meldest! Wie geht es dir?«

»Na, du hast dich aber auch nicht gemeldet. Hast du mich denn gar nicht vermisst?«, frage ich mit einem Hauch von schlechtem Gewissen und etwas Ironie, da auch ich nicht ein einziges Mal daran gedacht habe, ihn anzurufen.

»Josua ist gerade hier, wir zocken eine Runde.«

»Ach ja? Wie schön. Grüß ihn von mir.«

»Beinahe hätte er deine Skizzen vernichtet, die hast du auf dem Tisch liegen lassen. Brauchtest du die gar nicht?«

Erneut spüre ich diesen großen Kloß in meinem Hals.

»Bist du noch dran? Kommst du morgen wieder nach Hause?«

Meine Augen wandern erneut zu dem Bild an der Wand. Das Bild vom Edersee. »Nein, ich denke nicht. Ich werde noch ein paar Tage hierbleiben. Vielleicht sogar bis nächste Woche.«

»Wieso das denn?«

»Es gibt hier einige Dinge, die ich vor Ort klären muss.«

»Du? Was musst du denn vor Ort klären? Du hast doch sowieso nicht so viel zu sagen.«

Dieser Satz trifft mich wie ein Schlag ins Gesicht. Schlimmer hätte der Tag nicht laufen können.

Chris lacht. »Sorry. So meinte ich es nicht. Na gut, ich leg jetzt auf, die Playstation wartet. Bis dann. Liebe dich.«

»Tust du das?«, spreche ich aus, nachdem er aufgelegt hat. Seine Worte hallen durch meinen Körper. *Du hast doch sowieso nichts zu sagen.* Wieso kann ein Mensch, der mich angeblich so liebt, mich so sehr mit Worten verletzen?

Ich muss eine Lösung finden. Ich muss meine Gedanken sortieren. Und das geht nur an einem ruhigen Ort. Ich nehme mein Handy in die Hand und tippe eine Nachricht an meine Mutter: Mama, ich würde mir gerne ein paar Tage freinehmen und mir Gedanken über das Gespräch von heute Morgen machen. Hängen die Schlüssel für das Ferienhaus im Schlüsselkasten?

Kapitel 8

Nur wenige Tagen sind vergangen und ich spüre bereits den Drang, von hier zu fliehen, weit weg. An diesem Abend sitze ich stillschweigend mit meiner Familie am Mahagonitisch zusammen. Mein Bruder hat mich überredet, noch diesen Abend mit ihnen zu verbringen, bevor ich meine Auszeit am Edersee antrete. Wir sprachen von zwei Tagen, aber innerlich weiß ich, dass ich nicht so schnell zurückkehren werde – nicht zum Brasselsberg, nicht zu ihnen und nicht nach Hause, nach Hamburg zu Chris.

»Kommt meine Schwägerin heute noch?«, unterbreche ich die Stille und wende mich an meinen Bruder, der neben mir auf sein Handy starrt und sich ein Kartoffelstück nach dem anderen in den Mund schiebt.

»Ich denke schon«, antwortet er.

»Weiß sie überhaupt, dass ich in Kassel bin?« Er zuckt mit den Schultern, als ob es ihm egal wäre. »Habt ihr Stress?«, frage ich ihn und erwarte keine ehrliche Antwort. Jetzt erst blickt er von seinem Smartphone auf und schaut mich an. »Wie kommst du darauf? Quatsch.«

»Keine Ahnung. Ich weiß nur, dass ich jetzt

deine Aufmerksamkeit habe«, necke ich ihn. Ich mustere ihn und stelle fest, dass er besser denn je aussieht, zufriedener irgendwie. Mit Amelie hat er seine große Liebe gefunden und sie direkt geheiratet. Die Hochzeit war wunderschön im engsten Kreis mit viel Liebe zum Detail. Beim Schmuck durfte auch ich ein Wörtchen mitreden.

»Ich kann mich nicht über mein Leben beklagen, Schwesterherz. Wie schaut es denn bei dir aus? Du konntest kaum deine Augen von dem Sander lassen.«

»Ha ha«, antworte ich ihm.

»Viel über deinen Freund hast du auch nicht wirklich gesprochen.«

Ich schlucke. Recht hatte er. Und irgendwie fühlt es sich seltsam an, das Wort »Freund« aus seinem Mund zu hören. Letztendlich sind wir verlobt, nur wissen sie es noch nicht. Ich weiß nicht warum, aber es fühlte sich noch nicht richtig an, darüber zu sprechen.

Mein Vater räuspert sich. »Es ist schön, euch beide wieder an einem Tisch zu sehen.«

»Wie früher«, fügt Mama hinzu.

Dann nehme ich all meinen Mut zusammen und spreche aus, was mich bedrückt: »Apropos Sander, ich möchte die Laune jetzt nicht versauen, aber ...«

»Dann lass es, Schätzchen«, unterbricht mich unsere Mutter.

»Ganz kurz bitte. Ich verstehe immer noch nicht, wieso wir einen neuen Anwalt beziehungsweise Juristen in der Firma haben.«

»Wir haben dir das heute Morgen erklärt, Sanna. Solche Entscheidungen trifft man nicht von heute auf morgen. Sie sind wohlüberlegt.«

»Es war die richtige Entscheidung«, fügt mein Vater hinzu. »Deine Mutter und ich haben uns genug aufgeopfert. Und dein Bruder schafft das nicht allein.«

»Was ist denn mit mir? Wir schaffen das zu zweit.«

»Jetzt red keinen Blödsinn, Sanna. Du weißt das.« Mutter lacht.

Ich schlucke und bereue, dass ich nicht heute schon gefahren bin.

Später an diesem Abend, als ich allein in meinem Zimmer bin, greife ich zum Telefon und wähle Chris' Nummer. Er geht sofort dran und ich höre seine vertraute Stimme.

»Hey, wie geht's dir?«

»Es ist kompliziert«, antworte ich und lasse mich auf mein Bett fallen.

»Wo bist du gerade? Ist alles okay?«

»Nein, nicht wirklich. Es gibt hier gerade eine Menge Probleme.« Ich sollte mich ihm anvertrauen und mit ihm über die Lage in der Firma sprechen, aber nach seinen verletzenden Worten traue ich mich nicht.

»Ich wollte dich auch gerade anrufen. Sanna, wir müssen reden.«

»Was ist denn los?«

»Hast du deine Eltern eingeweiht?«

Ich zögere einen Moment zu lang mit meiner Antwort und Chris setzt hinzu: »Ich kann das nicht mehr.«

»Was?« Mein Herz schlägt schneller. »Was meinst du?«

»Du hast Post von der Lilique bekommen. Ich habe den Brief geöffnet und mir das Interview durchgelesen.«

Mein Magen zieht sich zusammen.

»Daraufhin habe ich den Verlag kontaktiert und kann dich beruhigen. Der Bericht wird nicht veröffentlicht.«

Ich atme vor Erleichterung auf. »Gott sei Dank. Ich habe den Artikel per E-Mail erhalten, habe versucht sie anzurufen, aber nicht erreicht.«

»Sanna, ich brauchte etwas Zeit, um das alles zu durchdenken. Ich bin einfach nur enttäuscht. Enttäuscht von dir.«

Ein Ohnmachtsgefühl breitet sich in mir aus. »Wovon sprichst du, Schatz? Was meinst du?«

»Ich dachte, wir können über alles reden. Ich dachte, wir vertrauen uns. Und ich dachte, du willst mich heiraten.«

»Das möchte ich doch auch«, greife ich laut ein.

»Das habe ich gelesen. Und viele Dinge, über die du gesprochen hast, hättest du zuerst mit mir besprechen sollen.«

Ich würde so gerne etwas einwenden, kann aber nicht. Ich setze mich auf, tausende Fragezeichen schwirren in meinem Kopf herum. »Bitte sag mir doch einfach, worauf du hinauswillst.«

»Dass du Kinder planst, nur ohne mich. Dass du mehr Zeit mit Josua verbringst als mit mir und nicht weißt, ob du nach Kassel zurückziehen möchtest. Wann, Sanna, wann wolltest du mir das alles sagen?« Eine breite Wand zieht sich vor mein Gesicht. Ich bekomme kein Wort mehr heraus. »Und sie wollte das ernsthaft veröffentlichen. Weißt du, was losgewesen wäre, wenn mein Vater das alles mitbekommen, das gelesen hätte? Unser Image, mein Image. Ich habe mein ganzes Leben für meine Karriere hingearbeitet, Sanna. Du hättest mit mir darüber sprechen müssen«, wiederholt er.

Auch wenn ich ihm jetzt schwören würde, dass jede Aussage über ihn in dem Interview erfunden war, er würde es mir nicht glauben.

»Ich ... es tut mir leid, aber ...«

»Bitte, Sanna, ich kann das nicht. Ich bin froh, dass du in Kassel bist, und deshalb habe ich nur eine Bitte: Bleib dort.«

»Willst du dich trennen?« Meine Stimme zittert. »Deshalb willst du dich trennen? Lass mich doch bitte aussprechen.«

»Es ist das Beste für uns, im Moment.«

»Ist es nicht.«

»Dann mach dir mal Gedanken, wieso du nicht mal deine Familie über unsere Heiratspläne eingeweiht hast. Josua sieht es auch so.«

Mit diesen Worten legt er auf und lässt mich niedergeschlagen, gekränkt und zutiefst verletzt zurück.

Kapitel 9

Die Fahrt von Kassel zum Edersee an diesem Frühlingstag ist von einer atemberaubenden Natur gesäumt. Die Straße windet sich durch üppige Wälder und grüne Wiesen, die von wilden Blumen übersät sind. Die Sonne strahlt warm durch die Frontscheibe, während ich durch das geöffnete Fenster die Vögel fröhlich singen höre. Es fühlt sich an, als ob die Natur mich begrüßt und willkommen heißt.

Als ich den Hügel zum Ferienhaus hinauffahre, werden Kindheitserinnerungen an unbeschwerte und wundervolle Sommertage in mir wach. Ich erinnere mich an das Schwimmen im See, das Spielen im Garten und die Abende am Lagerfeuer. All diese Erinnerungen lassen ein warmes und heimisches Gefühl in mir aufsteigen.

Als ich das Ferienhaus betrete, ist es kühl und riecht muffig, doch irgendwie vertraut. Der Geruch nach altem Holz und Möbeln, die sich über Jahre hinweg angesammelt haben, erfüllt meine Nase. Ich werfe meine Taschen auf den Boden, schließe die Türen hinter mir und gehe langsam im Dunkeln die Treppen zum Keller hinunter, um die Sicherung anzuschließen. Das Knarren der Stufen und der sanfte Schatten, der durch das kleine Fenster auf der Treppe fällt, verstärken das Gefühl der Vertrautheit und Gemütlichkeit.

Ich verbinde mein Handy mit der Bluetooth-Box meines Bruders und drehe die Musik auf. Ich spüre, wie alle negativen Gedanken von mir abfallen. Es ist wichtig, dass ich heute nicht weine oder in Liebesschnulzen versinke. Es musste so kommen, ja. Doch heute möchte ich einfach nur entspannen und nicht in meiner Trauer und der Wut versinken.

Ich empfinde ein flaues Gefühl in meinem Bauch, als ich oben in meinem alten Zimmer stehe und durch das Fenster auf den Edersee blicke. Ich bin ewig nicht mehr hier gewesen, doch die Erinnerungen steigen sofort wieder in mir auf. Das Zimmer hat sich nicht verändert – das alte Bett, der Kleiderschrank, der Schreibtisch, alles steht noch da. Der Blick aus dem Fenster ist allerdings anders als in meiner Erinnerung. Der See scheint größer, imposanter, majestätischer zu sein. Ich erinnere mich an die Sommer, in denen ich hier saß und auf den See hinausblickte, während ich meine Gedanken schweifen ließ und Pläne für die Zukunft schmiedete.

Doch dann kehren meine Gedanken zurück zu dem Ultimatum meiner Familie. Ich fühle mich hintergangen und bin gleichzeitig wütend und traurig.

Den restlichen Nachmittag verbringe ich auf der Terrasse und beschließe kurzerhand, eine Runde um den See zu drehen. Nicht weit vom Ferienhaus, nahe der Brücke, gibt es eine Stelle, an der man eine wundervolle Aussicht auf den Edersee hat.

Als ich dort ankomme, bin ich fasziniert von der Schönheit der Natur. Das Wasser ist ebenmäßig glatt, und die Segelboote wirken wie kleine Perlen auf der Wasseroberfläche. Ich wünschte, ich hätte das Segeln gelernt. Dann überkommt mich erneut Wehmut. Ich schlucke und versuche die Wolke von mir wegzuschieben. »Nicht daran denken, Sanna.« Meine Augen füllen sich. Ich balle meine Hand zu einer Faust. Woher kommt diese Unzufriedenheit? Alles stört mich, alles nervt mich und alles macht mich unfassbar traurig. Ich fühle mich, als hätte ich komplett versagt.

So schön mein Leben in Hamburg ist, umso erschreckender ist die Tatsache, dass ich mich nirgends willkommen fühle. Ich habe das Gefühl, dass mich keiner sieht. Als Chefin habe ich mich noch nie gesehen. Ich bin lieber ein Teil von einem Team, keine Respektsperson, keine Führungsperson. Ich möchte mit ihnen zusammenarbeiten und sie nicht rumkommandieren, wie es mein Bruder tut.

Es fühlt sich anders an, nur noch per Videocall an den Meetings teilzunehmen und meinem Bruder die Führung zu überlassen. Auch als ich hier gewohnt habe, hatte ich immer das Gefühl, dass er mehr zu sagen hat als ich. Als wir klein waren, passte er immer auf mich auf, obwohl ich zwei Jahre älter bin als er. Im Vergleich zu mir war er schon immer etwas selbstbewusster. Dennoch waren wir ein starkes Team, hielten zusammen und waren immer füreinander da.

Als er seine Frau kennenlernte, war ich die Erste, die davon erfuhr. Auch über seine Hochzeitspläne sprach er viel, von ihr und ihrer gemeinsamen Zukunft, von Immobilien und Kindern, während ich Angst hatte, etwas im Leben zu verpassen, mich einzuschränken und mein Leben mit ein und derselben Person teilen zu müssen. Meine Freiheit war mir wichtiger. Und bis ich Chris kennenlernte, habe ich mich auf keine engere Bindung eingelassen.

Ich spaziere weiter, in Gedanken versunken. Ich habe das Gefühl, alles verloren zu haben, ein Nichts und Niemand zu sein.

Mit einer Packung Kekse, die ich im Küchenschrank gefunden habe, lasse ich mich auf einen Sessel fallen, reiße die Packung auf und stecke mir einen in den Mund, während heiße Tränen erneut meine Wangen entlang fließen.

»Sanna? Sanna, Schätzchen? Bist du es wirklich? Das glaube ich jetzt nicht«, höre ich eine zittrige, leise Frauenstimme hinter mir an der Kühltheke im Supermarkt. Als ich mich umdrehe, erstrahle ich und erkenne Frau Blumenstein, die mit ihren knochigen Händen den Griff des Einkaufwagens umklammert.

»Frau Blumenstein? Was für eine schöne Überraschung! Wie schön, Sie zu sehen. Wie geht es Ihnen?«

Sie tätschelt meinen Arm und ich fühle mich in meine Kindheit versetzt. »Ein Kind bist du aber nicht mehr«, stellt sie fest und betrachtet mich von den Füßen aufwärts. »Wobei, beim letzten Treffen warst du eine freche Jugendliche.«

»Lange ist es her«, bestätige ich und sehe an dem rechten Grübchen ihrer faltigen Haut, dass sie sich sehr über unser Wiedersehen freut.

»Was tust du hier, Mädchen? Machst du Urlaub, bist du mit deinen Eltern hier?«

»Nein, nein. Ich bin alleine.«

»Ganz alleine in dem großen Haus?«

Ich nicke. »Wenn ich ehrlich bin, genieße ich es sogar.«

Ihre Zweifel sind nicht zu übersehen. Mit hochgezogenen Brauen schaut sie mich vorwurfsvoll an. »Du weißt ja, wo ich wohne, falls du mal reden und einer alten Frau Gesellschaft leisten möchtest.«

»Darauf komme ich ganz sicher zurück.«

Nachdem wir uns eine Weile über meine Familie ausgetauscht haben, gehen wir gemeinsam zur Kasse. Ich beschließe, sie ein Stück nach Hause zu begleiten und ihr bei ihren Einkäufen zu helfen. Die Jahre kann man an ihrem zierlichen, knochigen Körper nicht übersehen. Dennoch ist ihre äußere Erscheinung bemerkenswert für ihr Alter. Ihre grauen Haare, die ihren Nacken berühren, schmeicheln ihren Gesichtszügen. Unter ihrem Mantel trägt sie einen dunkelblauen Rollkragenpullover mit einer auffällig großen Kette, die zu ihren goldenen Broschen-Ohrringen passen.

Als wir das große rote Backsteinhaus ansteuern, helfe ich ihr, die Treppen nach oben zu ihrem Hauseingang zu kommen. »Jetzt sagen Sie mir nicht, dass Sie das tagtäglich alleine schaffen? Ich könnte es nicht«, sage ich lachend und wundere mich über ihren Tatendrang.

»Fit bleiben im Alter ist sehr wichtig«, sagt sie und hakt sich rechts bei mir ein. Gemeinsam gehen wir langsam Schritt für Schritt die Steintreppen zu ihrem wunderschönen, idyllischen Haus hinauf. Oben angekommen stelle ich die Baumwolltüte mit ihren Lebensmitteln ab und helfe ihr, sich auf den gebleichten Rattan-Schaukelstuhl vor ihrer mächtigen Eingangstür zu setzen. Dabei kann ich Kindheitserinnerungen riechen – Tage, an denen wir hier wild spielten und uns in ihrem Hauslabyrinth versteckten.

»Und du sagtest, du machst hier Urlaub?«, fragt sie.

»Ja, ich wollte mal nach dem Rechten schauen«, antworte ich und lächele sie an, während ich sie erneut bei mir einhake. »Kommen Sie, ich bringe Sie rein, dann kann ich Ihnen auch beim Einräumen helfen.«

»Ich hörte, in den Großstädten lässt man sich den Einkauf liefern. Ist das wirklich wahr? Wer macht so etwas? Verrückte Zeiten, die auf uns zugekommen sind, Mädchen. Verrückte Zeiten«, bemerkt sie. Ich schmunzle und verschweige, dass ich selbst auch diesen Service nutze, um Zeit zu sparen und nicht mühsam mit den Einkäufen nach Hause zu fahren.

»Dein Bruder erzählte mir vor Kurzem erst, dass du immer noch nicht verheiratet bist. Wieso hat so eine schöne Frau, wie du es bist, keinen Ehemann? Die Besten sind doch bestimmt schon vom Markt.«

Mein Lächeln verschwindet. Ich drücke ihre Schulter und widme mich wieder dem Einkauf. »Wissen Sie, es ist nicht so einfach«, antworte ich.

»Gibt es denn gar keinen, der dir gefällt? Es sind die Ansprüche, Mädchen, bloß die Ansprüche der jungen Menschen. Früher war alles einfacher.«

»Das glaube ich«, bestätige ich und begleite sie ins Wohnzimmer durch große vergilbte Holzflügeltüren, die Wände mit jahrzehntealter Tapete und einem Kronleuchter über dem breitflächigen Teppich in der Mitte des Raumes.

»Wollen wir uns an den Esstisch setzen? Ich hatte lange keinen Besuch mehr.« Ich betrachte den alten Esstisch im Vintage-Stil. Man könnte ihn heutzutage für sehr viel Geld verkaufen. Auf dem Tisch steht eine Aufgusskanne aus Porzellan und auch der beige Samtsessel in der hinteren Ecke sieht nach einem teuren Erbstück aus. »Zieh den Stuhl zu mir rüber, ich setze mich in meinen Sessel«, sagt sie.

Aufrecht wie eine Dame sitzt sie in ihrem Sessel, einen Arm um die Lehne gelegt, der Blick auf ihren Ringen an ihren zierlichen Fingern. Sie erzählt mir von ihren jungen Jahren, ihrem Leben in Paris. »Paris, Anfang August. Mitten im Sommer«, erzählt sie von einem Tag in einem Café, als sie mit ihrer Freundin über diesen einen Franzosen sprach, den sie nicht mehr aus dem Kopf bekam. Währenddessen huschen meine Gedanken einen kurzen Moment zu Chris, als ich hinter ihr bei einem kurzen Blick

auf die Bilderwand ein Foto von einem Bootssteg erhasche. »Genau wie du war ich ein Mädchen einer wohlhabenden Familie. Ich konnte
mir nehmen und kaufen, was ich wollte. Doch
mein Herz verlangte immer mehr. Ich war nie
zufrieden. Ich wollte immer alles. Bis ich einen
besonderen Mann traf.«

Nachdem sie mir viele Fragen gestellt hat, be-
richte ich ihr ein wenig über mein Leben in
Hamburg und auch über die aktuelle Lage mit
Chris. Kurz darauf verschwindet sie hinter meh-
reren Türen und kehrt mit zwei Bilderrahmen
zurück, auf denen zwei Männer in Schwarz-weiß
abgebildet sind. Zwei sehr attraktive Männer,
Mitte bis Ende zwanzig, schätze ich. Ich mustere
die Wand hinter ihr und stelle fest, dass keiner
von ihnen auf einem Bild zu sehen ist.

»Sanna, ich habe viel erlebt in meinem langen
Leben. Und auch, wenn du denkst, die alte Frau
sitzt hier und kann dich nicht verstehen, dann
muss ich dem widersprechen. Ich habe leider
keine eigenen Kinder, wie du ja weißt. Aber ich
kann dir eins sagen, es gibt kein Richtig oder
Falsch in der Liebe. Kein Schwarz-Weiß-Denken.
Ich meine, ich war zweimal verheiratet.«

»Ehrlich?«, frage ich erstaunt.

Sie hält mir das erste Bild hin. »Das ist mein
erster Mann, Josef. Er ist im Krieg gefallen.« Ich

schlucke und beobachte sie. Ihre Augen glänzen. Glanz vor Liebe, vor Glück, nicht vor Trauer. »Ich habe ihn sehr geliebt.« Sie hält mir das zweite Foto hin. »Mein zweiter und letzter Ehemann, Christoph. Er wurde schwer krank und ist auch verstorben. Auch ihn habe ich sehr geliebt. Ich kann dir nicht sagen, welche Liebe stärker war. Doch die Liebe kennt keine Grenzen. Es sind Lebensabschnitte. Sei nicht traurig. Vielleicht begegnet dir irgendwann der eine Mann. Dein Schicksal. Und danach der zweite, der richtige Mann. Auch dein Schicksal. Wer weiß? Mach dich nicht verrückt und lass dich nicht unter Druck setzen. Denn dann begeht man oft einen Fehler, den man nicht mehr rückgängig machen kann. Es ist wichtig, deine eigenen Werte zu kennen.«

Sie verabschiedet mich mit den Worten: »Alles hat einen Grund. Es ist in Ordnung, Umwege zu gehen, Mädchen.«

Ich schlendere den Weg zurück zum Ferienhaus und lasse meine Gedanken in der malerischen Umgebung treiben. Erlen und Eschen säumen meinen Weg, während ich über die Worte von Frau Blumenstein nachdenke. Als ich an einem Brückengeländer stehen bleibe und meinen Blick über den stillen Edersee schweifen lasse, spüre ich, wie in mir ein Tornado der Gefühle wütet. Um meine Gedanken zu ordnen, stelle ich mich auf das Steinufer und betrachte das Schild vor einer Steinplattform, auf die ich neugierig hinaufklettere. Doch bevor ich mich auf die Aussichtsplattform begeben kann, höre ich hinter mir ein Räuspern und sehe einen Mann, der sich von mir abwendet. Mein schlechtes Gewissen und die Angst, erwischt zu werden, übermannen mich. Ich klettere zurück und klopfe den Staub von meiner Jacke, als der Mann stehen bleibt und sich zu mir umdreht. Ein eiskalter Schauer durchfährt meinen Körper und ich erstarre. Nach einem kurzen Moment des Schocks schaue ich verstohlen zur Seite und laufe in die andere Richtung, in der Hoffnung, dass er mir nicht folgt. Nicht heute. Nicht in diesem Zustand. Geh weiter, Sanna, geh einfach weiter und dreh dich nicht um. Nach zehn, zwölf Metern bleibe ich stehen und wage es trotzdem. Ich stelle erleichtert fest, dass er mir nicht gefolgt ist. Gott sei Dank. Er sieht immer noch gut aus. Wie damals, nur besser.

Durch einen Umweg komme ich eine halbe Stunde später im Ferienhaus an. Ich werfe die Tür zu und lasse mich erleichtert auf die Couch fallen. Ohne zu zögern, ziehe ich mein Handy aus meiner Hosentasche und gebe die vier Buchstaben seines Vornamens in das Suchfeld ein.

F I N N, Leerzeichen, Edersee. Ich finde sechs Artikel, die alle über den Bootsverleih seines Vaters berichten. Ich hatte so lange nicht mehr an ihn gedacht. Ob er mich erkannt hat? Ich suche weiter und scanne jedes Foto auf der Homepage des Verleihs ab, aber außer den Booten und den Touristen gibt es kein Bild von ihm. Mein Herz zieht sich zusammen, als ich auf einem Foto das Bootshaus erkenne – unser Bootshaus. Was macht er hier am Edersee? Meine Eltern haben mir erzählt, dass er vor vielen Jahren weggezogen ist und das Bootshaus seitdem leer stand. Wir waren einmal so nah beieinander und jetzt sitze ich hier und bereue es, dass ich vor ihm weggelaufen bin. Das Wiedersehen war für mich wie ein Blitzschlag – elektrisierend, aufregend, aber auch unangenehm. Ich hätte ihm einfach Hallo sagen oder ihm zumindest zuwinken können. Aber nein, ich bin weggelaufen, und jetzt sitze ich hier und durchforste das Internet nach Informationen über ihn. Ich versuche es noch einmal mit der Suchmaschine: Finn Edersee, Bilder. Und dann erstarrt mein Blick. Ich verliere mich in seinen Augen auf dem zweiten Bild – eine Nahaufnahme von ihm in einem Kajak. Ich kann nicht anders, als seinen Körper zu betrachten, seine starken, durchtrainierten Schultern und Arme, die mir neu sind. Damals war er eher schmächtig. Ich gebe zu, ich finde ihn attraktiv.

Ich klappe mein Notebook zu und atme laut aus.
»Und jetzt?«

Ich schalte den Fernseher ein, schiebe Finn aus meinen Gedanken, schiebe Chris aus meinen Gedanken. Jedes starke Gefühl dauert sechs bis sieben Minuten und vergeht dann wieder. Es wird bergauf gehen. Ich bin mir sicher. Doch im nächsten Moment holen mich die Gefühle ein.

Alles wird gut werden, Sanna, alles wird gut werden.

Ich beschließe, ins Bett zu gehen, schalte alle Lichter aus und quäle mich die Treppen nach oben ins Schlafzimmer. Bevor ich die Gardinen zuziehe, blicke ich in die Dunkelheit. Es ist lange her, dass ich hier am Edersee war. Ich erinnere mich daran, als ich genau hier an dieser Stelle stand, nicht mit dem fad schmeckenden Kamillentee, der höchstwahrscheinlich abgelaufen war, aber mit seinem T-Shirt in der Hand, Finns T-Shirt, fest umklammert, glücklich, verknallt. Doch mehr wurde nie aus uns. Doch wieso prallen diese Gefühle so zusammen? Ich hatte so lange nicht mehr an ihn gedacht. Auch wenn ich damals wusste, dass es für uns keine Zukunft geben würde. Auch wenn ich wusste, dass sich unsere Wege nach den Ferien wieder trennen würden. Doch dieses Gefühl in mir wollte ich in dem Moment nicht loslassen. Es fühlte sich mit ihm einfach gut an und es war okay, ihn loszulassen, weil ich wusste, im nächsten Sommer würde ich ihn wiedersehen. Und jetzt stehe ich hier und bin durcheinander. Denke einerseits an Chris und die Trennung, auf der anderen Seite denke ich an ihn, an Finn, an unsere Blicke. Mein Magen zieht sich zusammen. Ich spüre das Blut in mir pochen, während sich meine Kehle trocken anfühlt. Und dann kommt im nächsten Moment das schlechte Gewissen, auch eine gewisse Trauer, wenn ich an Chris denke. Tief in mir weiß ich, dass sich alles mit der Zeit klären wird, dass mich das Schicksal auf den richtigen Weg bringen und alles gut werden wird.

Ich spiele mit dem Gedanken, mir meine Jacke überzuwerfen und Richtung Ufer zum Bootshaus zu laufen, sodass er mich nicht sieht, sodass es nicht auffällt, in der Hoffnung, dass ich vielleicht irgendetwas spüre, was ich damals gespürt habe. Doch ist es nicht falsch, verlassen zu werden, ein paar Tage zu leiden, um dann eine alte Liebe wieder zu treffen, die einen Sturm auslöst? Ist das normal? Wie kann mich ein anderer Mann so durcheinanderbringen? Ich entscheide rational. Intelligent. Keine Wanderung durch die Dunkelheit. Kein Spaziergang zum Bootshaus. Ich werde noch ein paar Tage hier sein und muss für mich selbst herausfinden, wie es weitergeht, und wer weiß, vielleicht laufen wir uns ja noch mal zufällig über den Weg. Und für den Fall werde ich mich ab sofort nicht mehr gehen lassen.

Ich ziehe mir meinen grauen Feinstrickpullover über den Kopf und richte meinen Dutt, der jetzt aussieht, als wäre ich neu aufgestanden. Auch an diesem Morgen verzieren Schatten und feine Linien meine Augen. Meine Haut ist blasser denn je. Sollte ich Finn erneut über den Weg laufen, dann würde ich auch dieses Mal umdrehen und fortgehen. Ich gehe ins Bad und durchsuche meine Kosmetiktasche nach meinem Concealer. Noch etwas Puder und Rouge und man sieht mir nicht mehr an, dass die letzten Tage furchtbar waren.

Kapitel 10

Nachdem dieser Tag ruhiger gewesen ist als die vergangenen, habe ich Finn kein zweites Mal getroffen. Obwohl ich den Spaziergang heute Mittag ausgedehnt habe, beschließe ich, noch einmal nach ihm zu recherchieren. Nach einer halben Stunde Stalking schlage ich mein Notebook zu. Woher kommt dieses Gefühl von Enttäuschung? Was habe ich erwartet? Ein Profil von ihm, Fotos, die mir innerhalb kürzester Zeit sein Leben der letzten zehn Jahre präsentieren? Wieso bin ich nur so neugierig und wieso jetzt und hier? Ich lehne mich zurück und trinke einen Schluck Tee. Was wäre denn, wenn wir uns erneut begegnen würden?

Ein festes, lautes Klopfen lässt mich aus meinen Gedanken aufschrecken. Ich halte kurz inne, stelle mich tot, bevor ich ganz vorsichtig einen Blick auf mein Handy werfe. Es ist kurz nach zwanzig Uhr. Wer kann das um diese Zeit sein? Das Klopfen wiederholt sich, dieses Mal etwas entschlossener. Durch das Milchglas der Haustür erkenne ich eine große, männliche Silhouette. Mein Puls beschleunigt sich. Chris? Oder etwa Josua? Vielleicht aber auch er... »Du.« Er tritt einen Schritt zurück, das Holz unter seinen Füßen knarzt. »Susanna?« In Sekunden werde ich rot. Ich bereue, dass ich die Situation nicht vorhergesehen habe, mich seelisch darauf einstellen konnte. Ich muss aussehen wie eine angegriffene Vogelscheuche. »Hey!«, sagt er und lehnt sich mit seinem Oberkörper an das Holzgeländer. Ich versuche mir nichts anmerken zu lassen, doch ich kann mich nicht gegen mein Lächeln wehren.

»Diesen Namen habe ich lange nicht mehr gehört.« Mein Vater hatte mich damals als Susanna vorgestellt, als wir gemeinsam vor dem großen alten Bootshaus standen, um ein altes Segelboot von ihm zu kaufen. Schon damals hatte ich mich von seiner geheimnisvollen und ruhigen Art angezogen gefühlt. Und er war es offensichtlich auch von mir. Ich fand ihn richtig gut und er mich auch.

Er hat sich verändert. Ich mustere ihn. Er mich. Aus dem zuletzt zwanzigjährigen Finn ist ein Mann Ende zwanzig geworden. Größer. Männlicher. Fünftagebart, ausdrucksstarke braune Augen, die mich anschauen und einschüchtern.

»Ich vermute, du bist alleine hier? Wow, lange ist es her.« Zu lange, denke ich mir und öffne nun vollständig die Tür.

»Magst du reinkommen?« O Gott ... Habe ich das dreckige Geschirr weggeräumt? Meinen

Laptop zugeklappt? Ich habe ihn bis eben gestalkt. Er erhebt sich von der Fassade und ich habe das Gefühl, dass er um einen Kopf gewachsen ist.

Er schaut sich im Haus um, dreht sich dann wieder zu mir und grinst. »Hier sieht alles noch wie damals aus.«

»Das stimmt. Was machst du hier?«

»Du hast dich verändert.«

»Findest du?«, antworte ich leicht irritiert, weil er meine Frage ignoriert hat.

»Früher warst du süßer.«

Diese Aussage trifft mich. Ich fühle mich beschämt und gehe zur Küchentheke.

»Möchtest du etwas trinken?«

»Hast du Bier?«.

»Klar«, antworte ich knapp.

»Früher warst du süßer«, wiederholt er. »Aber heute bist du erwachsener und attraktiver.«

Ich knalle reflexartig die Kühlschranktür zu und drehe mich zu ihm. »Hey, lass uns langsam mit Smalltalk beginnen, okay? Ganz langweilig.« Ich freue mich jedoch innerlich darüber, dass er mich immer noch anziehend findet.

»Smalltalk?«

»Erzähl mir doch mal, was du in den letzten Jahren so gemacht hast. Hast du deine Traumfrau gefunden?«

Er lacht und schüttelt grinsend den Kopf.

»Sanna, du hast dich nicht verändert. Du bist immer noch frech und neugierig.«

Ich schlucke. Wie peinlich, denke ich mir. Wieso stelle ich ihm ausgerechnet solche Fragen? Hätte ich ihn nicht einfach etwas Normales, Oberflächliches fragen können?

»Nein, ist schon okay«, meint er.

Ich versuche einen kühlen Kopf zu bewahren. »Bei mir ist alles beim Alten.«

Also hat er keine Frau. »Wohnst du noch hier? Im Bootshaus?«

Das Bootshaus. So viele Erinnerungen, so viele Tage und Nächte haben wir darin verbracht.

Er schüttelt den Kopf. »Nein, ich bin nach Göttingen gezogen.«

»Göttingen?«, frage ich erstaunt.

»Ja, ich bin Dozent geworden.«

»Du?«, schießt es aus mir heraus. »Und was ist mit deinen Booten?«

»Ich bin oft hier. Ich habe mir sogar vor Jahren mein eigenes Segelboot zugelegt.«

»Echt?« Das war schon immer sein großer Traum, seit seiner Kindheit. Er hat seine ganze Jugend im Bootshaus verbracht, um keine Miete zahlen zu müssen und Geld anzusparen, damit er sich irgendwann seinen Traum von einem eigenen Segelboot erfüllen kann und finanziell unabhängig von seinen Eltern und insbesondere von seinem Vater ist. Er musste hart

74

arbeiten. In den Ferien war er tagsüber schuf-
ten, von morgens bis abends. Und dennoch
lagen wir abends romantisch zusammen auf
dem Boot eines Investors, oder auf dem seines
Vaters, und beobachteten den Sternenhimmel.
Es waren wunderschöne Momente, Ferien, die
ich tief verborgen in meinem Herzen trage. Und
dann spricht er meinen nächsten Gedanken aus:
»Weißt du, ich frage mich oft, wieso aus uns nie
ein Paar wurde.«

Kapitel 11

Die Uhr zeigt eine späte Stunde an und unser Gespräch hat längst eine ernstere Ebene erreicht.

Die Jahre haben uns auseinandergeführt und jeder von uns hat sein eigenes Leben gelebt, ohne an den anderen zu denken. Doch jetzt, da wir uns wiedergetroffen haben, spüre ich, dass wir beide gereift sind. Er spricht mit einer Ernsthaftigkeit, die mich fesselt. Seine Gestik und seine verstohlenen Blicke lassen mich beinahe vergessen, dass ich gerade noch wegen Chris gelitten habe.

Ich kann nicht anders als zu grinsen, als er mich fragt, woran ich denke. Ich brauche einen Moment, um eine angemessene Antwort zu finden und sage schließlich: »Es ist schade, dass wir uns so lange nicht gesehen haben.«

Es ist schon nach Mitternacht, als er geht. Ich frage mich, ob wir uns wiedersehen werden, aber er nimmt mir die Gedanken. »Wenn du morgen nichts vorhast, komm vorbei«, sagt er. »Ich würde dir gerne mein Boot zeigen.«

Ich nicke, umklammere dabei den Türrahmen und hoffe, dass ich cool wirke. »Dann sehen wir uns morgen Vormittag«, sage ich, als er in der

Dunkelheit verschwindet. Ich kann es kaum erwarten.

Die Nacht ist kurz. Doch es ist die erste, in der ich mich nicht so schlecht fühle. Ich denke an Chris, an unser Zuhause, doch ich sehe es nicht ein, ihm hinterherzulaufen. Er hat mich verletzt. Sogar die Freundschaft zu Josua scheint zu bröckeln. Er hat sich kein einziges Mal gemeldet. Und dann taucht Finn auf. Erinnerungen, alte Gefühle, die sich neu entfachen, und dann sieht er auch noch so unverschämt heiß aus. Verdammt, ich weiß nicht, ob es eine gute Idee ist, ihn morgen zu treffen. Aber zu groß ist mein Interesse daran, herauszufinden, wer er geworden ist. Er bringt Abwechslung in mein Gedankenkarussell.

Kapitel 12

Ich schließe meine Augen und spüre seine Finger auf meiner Haut. Er gleitet langsam entlang meines Arms, ganz zärtlich und sanft. Dann schaut er tief in meine Augen, so intensiv, als gäbe es in diesem Moment nur noch uns beide. Unsere Gesichter nähern sich, er zieht mich zu sich, unsere Lippen berühren sich. Wir schauen uns an und ich wünschte, die Zeit würde stehenbleiben. Für immer. Die Schmetterlinge in meinem Bauch sind kaum zu ertragen. Ich möchte diesen Moment für immer leben, seinen Duft einatmen, für immer bei ihm bleiben. Doch ich weiß, dass ich das nicht kann. Auch dieser Sommer wird enden und wir werden uns trennen, bis wir uns im nächsten Jahr wiedersehen. Aber bis dahin werde ich ihn in meinem Herzen behalten. Ein weiterer Kuss, eine weitere Nacht. Bitte, lass sie niemals enden.

Die Stimmung an diesem Morgen ist bedrückend und düster. Dichter Nebel verhüllt den Edersee und lässt ihn nur erahnen. Die triste Aussicht kann jedoch nicht den elektrisierenden Traum von Finn auslöschen, der sich so real angefühlt hat. Trotz meiner Trauer um Chris in den letzten Tagen fühle ich mich wohl, wenn ich an den Traum zurückdenke. Aber auch, wenn er inzwischen zu einem attraktiven, absolut heißen Mann geworden ist, weiß ich nicht, ob ich mich in dieser Situation freuen sollte. Schließlich hat Chris mich erst vor wenigen Tagen verlassen, und ich bin mir nicht sicher, ob ich jemals wieder mit ihm zusammen sein möchte nach dem, was passiert ist.

Eine Welle von Wut überkommt mich und ich schwöre mir, dass ich ihn nicht wieder zurücknehmen werde.

Ich sitze am Fenster und arbeite an meiner Schmuckkollektion. Die Fensterbank ist voller Notizblöcke mit Skizzen. Vor mir erstreckt sich der malerische Garten mit dem kleinen Teich und bunten Blumen, die im sanften Wind hin und her wiegen. Es ist ruhig und ich fühle mich wohl, in meinem Element.

Dann wird die Stille von Schritten hinter mir durchdrungen: Finn.

»Lässt du die Haustür immer offen?«

Ich habe nicht mit ihm gerechnet und spüre, wie ich erröte.

»Hey Sanna«, sagt er und lächelt mich an. »Die Nacht war kurz, nicht wahr? Ich dachte mir, ich nehme dich direkt mit zum Boot.«

Ich bin aufgeregt, aber auch ein wenig nervös.

»Lass mich nur kurz meine Sachen wegräumen und mich frisch machen.«

Finn nickt und sieht sich im Wohnzimmer um. »Hast du schon alles gepackt?«, fragt er und ich spüre den Druck in seiner Stimme. Ich habe noch nicht einmal daran gedacht, was ich alles einpacken sollte, und bin nicht wirklich vorbereitet. In seinem Gesicht breitet sich ein überwältigendes Grinsen aus. Seine Sonnenbrille hält seine Augen verborgen. »Du hast dich kein bisschen verändert, Sanna. Kein bisschen.« Ich öffne meinen Mund, um darauf zu antworten, aber entscheide mich dagegen und drücke meine Lippen wieder aufeinander, als er sich bereits umdreht und zur Tür läuft.

»Komm schon, ich bin gespannt, was du sagst. Ich nehme nicht viele mit auf mein Boot«, sagt er und hebt seine Sonnenbrille von seinen Augen.

»Lass mich noch schnell nach einer Sonnencreme suchen, dann können wir los.«

»Sonnencreme?«, fragt er überrascht und lacht.

»Ja, Sonnencreme. Meine Haut ist so weiß wie der Schnee und, wenn wir wirklich länger mit dem Boot unterwegs sein sollten, bekomme ich einen Sonnenbrand.«

»Im Frühling? Okay ... Diese Eigenheiten von dir habe ich wohl verdrängt. Ziemlich schräg«.
»Hey, was soll das denn?«, frage ich und werfe meine Arme in die Luft.

Finn zieht mich auf. »Das reiche, schöne Mädchen hat Angst vor Falten. Das ist der wahre Grund, oder?«, sagt er mit einem schelmischen Lächeln auf den Lippen. Ich schnaube und nenne ihn einen Idioten. Er lacht: »Ladies first, lass uns los.«

»Gib mir zehn Minuten.« Trotz meines Unbehagens bin ich aufgeregt und glücklich, den Tag mit ihm zu verbringen.

Wir stehen am Bootssteg am Edersee und ich atme tief ein. Der Duft von frischer Luft und See umgibt mich. Es ist ein sonniger Vormittag, aber der Wind ist kühl, sodass ich meine Jacke enger um mich herumwickele. Ich schaue auf das klare Wasser, das sanft gegen die Ufer schwappt.

»Bist du bereit?«, fragt er und senkt den Kopf. Dann blickt er mich von der Seite an und ein leicht schiefes Lächeln ist auf seinen Lippen zu sehen. »Bereit für die große Freiheit?«

»Das hört sich gut an. Ich denke schon«, antworte ich und umklammere meine Tasche, während ich versuche, den wackeligen, schmalen Holzsteg zu überqueren, der durch den Wind hin und her schaukelt. Er reicht mir seine Hand. »Komm, ich zeige dir etwas.«

Sein Lächeln und der Ausdruck in seinen Augen lassen bestimmt jede Frau schmelzen, nicht nur mich. Ich greife nach seiner Hand und lasse mich hinter ihm über den Steg führen.

»Hast du Angst?«, fragt er mit einem Hauch Ironie. Er bleibt vor einem kleinen, alten Ruderboot stehen, auf dem ein großes »A« eingeritzt ist. »Wofür steht das A?«, möchte ich wissen und ernte ein Schulterzucken. »Jetzt sag schon! Muss ich etwas wissen? Außerdem ist das kein Segelboot. Auch wenn ich mich nicht so gut auskenne, kann ich ein Segelboot von einem Ruderboot unterscheiden«, sage ich.

Er lacht. »Du bist süß.« Und es funkt wieder zwischen uns.

»Nein, du verarschst mich doch?«, frage ich leicht entsetzt.

Sein Lachen ist ehrlich. »Darf ich dir Rudi, mein Ruderboot, vorstellen? Komm schon, Lust auf eine Tour?«

Doch bevor ich irgendetwas sagen kann, lacht er so laut los, dass es mich im nächsten Moment wieder beruhigt. Er lässt meine Hand los und springt auf das kleine Holzboot.

»Also doch dieses?«, presse ich hervor und hoffe für einen Moment, dass es lediglich ein Scherz sei.

»Bist du enttäuscht?«, fragt er.

Ich schüttele den Kopf. »Naja, enttäuscht würde ich jetzt nicht sagen, nur überrascht.«

»Komm zu mir. Wir werden gleich abgeholt«, sagt er und ich folge ihm auf das Boot. Während ich auf die spiegelnde Wasseroberfläche schaue und die Stille genieße, spüre ich seine Blicke auf mir. Aus weiter Ferne entdecke ich ein großes Segelboot, das sich uns nähert, und erst jetzt wird mir klar, wovon er gestern gesprochen hat. Von seinem Traum.

»Kommt an Deck, ihr jungen Leute«, ruft uns ein älterer Mann mit einer weißen Kappe vom Boot aus zu.

»Sanna, darf ich dir Bodo vorstellen? Er kümmert sich um dieses Prachtstück, wenn ich nicht hier bin«, stellt Finn ihn vor und begrüßt ihn mit einem Handschlag.

»Ich bin Finn eher dankbar dafür, dass er mir sein Vertrauen schenkt«, entgegnet er und zwinkert Finn dabei zu. So schnell, wie sie sich begrüßt haben, verabschieden sie sich wieder. Der Mann springt vom Boot herunter und nickt uns beiden zu. »Wir sehen uns heute Abend, Finn. Wie lange bleibst du hier am Edersee?«

»So lange wie nötig«, antwortet er und richtet seine Antwort dabei eher an mich.

»Kannst du segeln?«, flüstert er mir zu.

Ich schüttele den Kopf.

»Ich kann es dir beibringen«, bietet er mir an und blickt mich erneut mit so viel Tiefe an, dass ich erschaudere und verlegen seinem Blick ausweiche.

Lange habe ich mich nicht mehr so frei gefühlt. Der Blick auf die sanften Wellen, den Wind am ganzen Körper spüren, der Kopf leer, die Gedanken klar. Ich fühle mich glücklicher und freier denn je. Hier auf diesem prächtigen Segelboot zu stehen, gibt mir ein Gefühl von großer Freiheit. Die ersten Minuten watschle ich unsicher über das Boot, das übersät ist mit Tauen und Stricken, und versuche mich festzuhalten. »Lass los, sei mutig, löse dich von deiner Angst«, fordert mich Finn auf. Ich genieße den Ausblick in die Natur und seinen durchtrainierten Körper. Ich bin berauscht vom Segelglück und bereue es, dass ich so ein Angsthase war und all die Jahre, in denen mein Vater mich überreden wollte, mit ihm zu segeln, abgelehnt habe. Ich hatte schreckliche Angst, da ich als Kind einmal ins Wasser gefallen bin und seitdem Boote gemieden habe, genau wie kleine Mädchen, die einmal vom Pferd gefallen sind, manchmal nie mehr reiten wollen, bis sie als Erwachsene ihre Liebe dafür wiederentdecken. Finn hat mir die Angst mit seiner lockeren, liebevollen Art genommen, mit all seiner Empathie und seinem Mitgefühl und diesem blinden Vertrauen, das ich ihm gegenüber empfinde, ohne dass er mich drängt.

»Ich bin dir sehr dankbar«, rufe ich ihm zu. »Ich möchte es lernen. Bringst du es mir bei?«

Er lacht. »Erst einmal bringe ich dich an einen wunderschönen Ort.«

»Können wir reinspringen?«, frage ich euphorisch.

Er lacht lauter. »Alles zu seiner Zeit.«

Ich beobachte ihn am Steuer. Mit seinem weißen T-Shirt, den dunklen Haaren, seinem Fünftagebart. Er ist so attraktiv. Und so lässig. Und so erwachsen. Und dann ertappe ich mich dabei, dass ich ihn zu lange anschaue und einen Moment lang, genauer gesagt, seit ich bei ihm bin, Chris vergessen habe. Diese Leichtigkeit mit ihm ist pures Glück.

Kapitel 13

Nachdem wir mit dem Boot in Waldeck angekommen sind und eine kleine Pause eingelegt haben, schlendern wir die einsamen Gassen und Straßen entlang und Finn erzählt mir von seinem Alltag als Dozent, über das Leben und den Alltag mit den Studierenden. Aus seiner Stimme höre ich heraus, dass er für seine Arbeit brennt, gerne Dozent ist, mit seinen Studenten arbeitet, sie lehrt. Ab und zu streifen unsere Arme aneinander und ich spüre, wie es sich in mir zusammenzieht, ich mich danach sehne, ihm nah zu sein, ihm näherzukommen. In seiner Gegenwart kann ich loslassen, die Zeit und die Spannung zwischen uns genießen, bis ich im nächsten Moment kurz an Chris denke und Finns Stimme leiser und leiser wird, weil ich mit den Gedanken abschweife. Was er jetzt gerade wohl macht? Ob er glücklich ist?

»Sanna?« Dass Finn zwischenzeitlich mehrere Meter weiter vor mir steht und auf mich wartet, ist mir nicht aufgefallen. Stattdessen denke ich an Chris und stehe vor einem Schaufenster eines kleinen Schmuckladens. Ich blicke in das Geschäft hinein und frage mich, ob es gut läuft.

»Ich finde, diese Stadt hat etwas Interessantes.« Als ich mich umschaue, wird mir bewusst, dass wir in der Innenstadt angekommen sind.

»Diese Stadt ist einem Ritter zu verdanken.«

»Einem Ritter?«, frage ich lachend und bemerke, dass er meinem Gesicht näherkommt.

»Einem Ritter, der einst auf einem bewaldeten Hügel hoch über dem Edertal seine Burg baute«, flüstert er mir zu.

»Da höre ich glatt den Dozenten aus dir heraus«, kichere ich.

Mich überraschen die modernen Schmuckstücke, die im Schaufenster präsentiert werden. Moderner als man vermutet, wenn man den Laden von außen betrachtet. Schließlich befindet er sich in einem alten Fachwerkhaus. Neben Gravurschmuck zieren Halsketten, Armbänder, Ohrringe und Ringe aus unterschiedlichen Materialien das Fenster. Da der Laden geschlossen ist, nähere ich mich der Scheibe, um besser hereinschauen zu können. Das Schmucklädchen hat ein romantisches Ambiente. Schade, dass es geschlossen ist.

»Hi, sind Sie auf der Suche nach einem Geschenk?«

Ich drehe mich um und mich schauen ein paar neugierige Augen einer hübschen Frau an. Finn lacht. Sie kramt einen Schlüsselbund aus ihrer Jackentasche und schließt die Tür auf. »Kommen Sie gerne herein. Oder schauen Sie sich nach besonderen Trauringen um?«, fragt sie, als Finn nach mir in das Schmucklädchen tritt. Ich werde rot im Gesicht.

»Nein, nein«, antwortet er belustigt und steckt lässig seine Hände in die Hosentaschen.

»Der Schmuck ist handgefertigt, nicht wahr?«

Sie strahlt über mein Kompliment. »Ja, alles handgefertigt. Meine Eltern sind Goldschmiede. Meine Groß- und Urgroßeltern auch. Ich könnte mir nie verzeihen, wenn ich diese Tradition nicht weitergeben könnte. Meine Tochter hat da, glaube ich, andere Pläne für ihre Zukunft.« Sie lacht und schaut sich verträumt in ihrem Laden um. Zwei Menschen an einem Tag, die das, was sie tun, lieben. Lieben und leben.

Ich schaue mir jeden Schmuck genauestens an, laufe von einer Vitrine zur anderen und komme nicht aus dem Staunen heraus. »Sie und Ihre Familie haben wirklich Talent. Die Schmuckstücke sind besonders. Mit Liebe zum Detail.« Sie wird rot und stottert ein »das ist das netteste Kompliment, das ich je bekommen habe« heraus. »Ich muss kurz nach oben, nach meiner Tochter schauen, ich bin gleich zurück. Schaucn Sie sich ganz in Ruhe um.«

»Schau mal.« Finn klopft gegen das Glas einer Kettenvitrine. »Da, die Kette mit dem Segel.«

Sie ist aus einem zarten Roségold. Schlicht und wunderschön. »Wie gefällt sie dir?«

»Sie erinnert mich an dich. An uns«, antworte ich leise. Seine Mundwinkel gehen sanft nach oben. »Genau das wollte ich hören«, flüstert er zurück.

»Wie schön es sein muss, wenn man in seinem Haus seinen eigenen Laden hat«, schwärme ich, als Finn und ich eine halbe Stunde später auf einer Bank mit Kaffee in der Hand sitzen.

»Bist du glücklich?«, fragt er mich unvermittelt.

Ich schaue ihn an, dann wieder weg. »Ich weiß es nicht.« Ich möchte ihm nicht von Chris und mir erzählen. Das würde die Leichtigkeit zwischen uns zerstören. »Deshalb bin ich hier. Um das herauszufinden.«

Er reagiert verständnisvoll mit einem Nicken. »Mach die Augen zu«, fordert er mich auf.

»Die Augen zu?«

»Ja, los. Mach sie zu.«

Ich schließe meine Lider, bis er mir bestimmt, sie wieder zu öffnen. Ich glaube kaum, was ich da sehe. »Aber ... wie ... wir waren doch die ganze Zeit zusammen.«

Vor mir leuchtet die wunderschöne Kette aus Roségold mit dem Segel-Anhänger. Und auch dieses Mal lächelt er sanft. So sanft und liebevoll, dass ich mich nicht mehr zurückhalten kann und ihn küsse. Ganz flüchtig. Dann langsam.

Sanft wie sein Blick küssen wir uns und machen dort weiter, wo wir vor zehn Jahren aufgehört hatten. Er ist mein Sommer. So eine nette Geste von einem so besonderen Menschen.

Er legt mir die Kette um. »Komm. Lass uns zurücksegeln.«

Wie schön kann ein Tag sein, wie schön kann ein Mensch im Inneren sein? Und er ist Single? Hatte noch keine feste, richtige Beziehung, obwohl er so perfekt scheint? So gut aussieht, so aufmerksam ist und sich nach mir, meinem Leben, meinen Wünschen erkundigt? Meine Gedanken schweifen rüber zu Chris, der meine Arbeit nie für voll nahm, nie ernst nahm, mich als reiches Mädchen abstempelte, das eigentlich den ganzen Tag die perfekt pedikürten Füße hochlegen müsste. Er hat meine Liebe und Leidenschaft zum Schmuckdesign nie verstanden, hat sich in der Vergangenheit lustig darüber gemacht. Er konnte sich nie vorstellen, wie es ist, für etwas zu brennen, weil er selbst seine Arbeit abgrundtief hasst. Er wollte nur das eine. Das, was ich eigentlich auch immer wollte. Gesehen werden. Anerkennung. Doch egal, wie sehr wir arbeiteten, wie sehr wir uns darum bemühten, es unseren Eltern recht zu machen, ihre Laufbahn fortzusetzen, ihrem Leben nachzueifern, wir kamen nicht heran. Und schlimmer noch, umso mehr verloren wir uns. Er. Ich. Wir wollten dieses Leben doch gar nicht leben. Unsere Eltern würden uns nie die Anerkennung schenken, nach der wir uns tief in unserem Herzen sehnten, lechzten. Ich gebe ihm keine Schuld, er war noch nicht so weit. Ich habe es irgendwann aufgegeben, doch er kämpft Tag für Tag weiter darum, es seinem Vater rechtzumachen.

Nachdem Finn mich verabschiedet hat, um auf Bodo zu warten, mache ich mich alleine auf den Rückweg zum Ferienhaus. Der Fußweg dauert etwa zehn Minuten und führt mich durch eine schmale Gasse. Am Ende der Gasse erreiche ich unser Ferienhaus. Zwei Handwerker, die an einem weißen Transporter stehen, blicken wie hungrige Katzen in meine Richtung. Von meinen Augen aus abwärts. »Guten Tag«, begrüße ich sie freundlich und ernte Verwunderung. Ich gehöre nicht zu der Art Frauen, die sich von diesen Blicken einschüchtern lässt. Ich lese »Finker Tischlerei« auf einer Seite des Transporters, zücke mein Handy und notiere mir die Nummer. »Für den Fall der Fälle, falls mir mal die Türzarge splittert«, rufe ich ihnen zu und winke ihnen mit dem Handy in der Hand zu. »Schönen Tag noch.« Sichtlich irritiert packen sie ihre Sachen in den Wagen, bevor ich sie wegfahren höre. Schmunzelnd öffne ich die Tür und freue mich über diesen wunderschönen Tag, den ich mit Finn verbringen durfte.

»Hey, Moment, stopp, hey!« Der Transporter hat am helllichten Nachmittag seine Lichter an, grell und leuchtend, und fährt direkt auf mich zu. Ich erschrecke mich so sehr, dass ich mich gegen das Tor drücke und für einen Moment sicher bin, dass sie mich überfahren werden. Stattdessen hält der Wagen einen Meter vor mir ruckartig an. Ich sehe lachende Gesichter, dann legt der Fahrer den Rückwärtsgang ein und zeigt mir den Mittelfinger, bevor er zurückfährt. »Vollidioten. Vollidioten!«, rufe ich ihnen zu und bemerke im Anschluss, dass ich vor Angst schwitze. »Danke für nichts!« Das werdet ihr bereuen. Gut, dass ich davor die Nummer der Firma notiert habe. Doch bevor ich denen an den Kragen gehe, springe ich erst einmal unter die Dusche.

In Handtüchern gekleidet, lasse ich mich auf das große Doppelbett fallen, schließe die Augen und genieße den Moment. Ich lasse den Tag Revue passieren und komme nicht damit klar, was heute eigentlich passiert ist. Dass wir uns geküsst haben.

Der Tag war wunderschön, erfüllte mich mit purem Glück und Hoffnung, dass das Leben doch eine andere Richtung für mich einschlägt und andere Pläne hat. Ich gehe jede einzelne Minute noch einmal durch. Ein Lacher entgleitet mir und ich kann nicht fassen, dass ich heute meine Ängste überwunden habe und mit Finn aufs Boot gestiegen bin, im Schmucklädchen Inspirationen einsaugen konnte und mich getraut habe, den ersten Schritt zu gehen und ihn zu küssen. Und dass er den Kuss dann erwidert hat. Der Kuss hat sich so vertraut angefühlt. Meine einzige Sorge, ein Gedanke, der mir aufsteigt, als ich meine Haare abtrockne, ist, dass ich ihm mit diesem Kuss hoffentlich keine Hoffnungen auf ganz große Gefühle gemacht haben könnte. Aus uns würde niemals mehr werden, allein schon deswegen, weil das mit Chris noch zu frisch ist. Ich habe Finn nicht mal erzählt, dass ich erst vor Kurzem verlobt war. Ich konnte mich gut mit Finn ablenken, der Segelausflug war unglaublich. Ich denke an die Ladenbesitzerin, die so viel Glück und Freude versprüht hat, so viel Liebe zum Ausdruck bringt mit ihrem Schmuck, den sie selbst trägt und liebt. Ihre Liebe zum Detail hat mich nicht nur überzeugt, inspiriert und bewundert, nein. Ich hatte lange nicht mehr so viel Motivation, zu arbeiten. Sie war meine Muse. Ich werde weiter an meinem Projekt feilen, bis meine Augen so leuchten, wie ihre es taten.

Immer noch mit nur einem Handtuch bekleidet, setze ich mich an den Esstisch, schlage mein Notebook auf und lege los. Bis jetzt war ich noch nicht so ganz überzeugt von meiner Arbeit, doch nun hatte ich die Vision. Die Idee. Und alles dank der bezaubernden Goldschmiedin aus Waldeck.

Ich werde meinen eigenen Weg gehen. Ich werde mich nicht von meinen Eltern einschüchtern lassen. Ich bin alt genug, um frei und unabhängig zu leben. Ich werde es ihnen zeigen.

Kapitel 14

Ein Anruf, der einiges verändern wird, das spüre ich, bevor ich abnehme. »Hey«, begrüße ich Josua vorsichtig am Telefon.

Das dritte Mal, dass er es an diesem Tag probiert hat. Drei Anrufe, die ich ignorierte, da ich mich noch nicht bereit dazu gefühlt habe.

»Hey«, antwortet er und spricht weiter, »ich finde es schade, was geschehen ist. Du fehlst mir, Sanna. Es ... Es tut mir so leid.«

»Der Abstand tut gut«, antworte ich kühl. »Was gibt es denn?«

»Jetzt sag doch nicht so etwas. Wir sind beste Freunde.«

»Oder waren?«, kommentiere ich mit einem herablassenden Unterton. »Ich habe dich gebraucht und du warst nicht für mich da, Josua.«

»Denkst du, es war einfach für mich? Ich hatte keine Wahl, ich habe es ihm versprochen.«

»Ach so und deshalb rufst du jetzt an?«

»Du hast recht. Ich habe mich beschissen benommen, du kannst mich hassen, aber bitte, hör mir zu ...«

»Freundschaft bedeutet, füreinander da zu sein, Josua. Sorry, für mich warst du es nicht.

Dann sei ihm gegenüber loyal und lass die Anrufe.« Ich lege auf und Tränen steigen in mir auf. Das Handy vibriert ein weiteres Mal. Ich schlucke den großen Kloß in meinem Hals herunter, sammele mich und gehe erneut dran.

»Bitte. Sanna, lass mich für dich da sein. Ich habe Scheiße gebaut, das weiß ich, doch jeder verdient eine zweite Chance, oder nicht? Es tut mir wirklich leid. Bevor ich von der Trennung erfahren habe, musste ich ihm versprechen, dich nicht anzurufen, bis ihr es unter euch geregelt habt.«

»Was denn regeln? Ich hatte gar keine andere Wahl. Ich bin einfach nur enttäuscht. Von dir. Und von meinem Ex-Verlobten.«

»Bitte, verzeih mir, Sanna.«

»Ich möchte es nicht verantworten, dass du zwischen Chris und mir stehst«.

»Das tue ich nicht. Es hat etwas gedauert, bis ich die ganze Situation zwischen euch verstanden habe. Ich stehe nicht zwischen euch. Ich stehe hinter dir!«, antwortet er zutiefst betrübt, bevor ich erneut auflege und meinen Tränen freien Lauf lasse. Ich brauche Abstand, Abstand von ihm, von Chris, von meinem alten Leben in Hamburg. Als wenige Minuten später mein Handy aufleuchtet, erwarte ich eine Nachricht von Josua, doch stattdessen muss ich lächeln, als ich den Namen lese und mir mein Herz bis zum Hals schlägt.

»Ich weiß, dass du mich vermisst. Gehen wir morgen picknicken? Hole dich um 13 Uhr ab.« Eine kurze Nachricht, die mich mit Glück erfüllt. Ablenkung von alldem ist die beste Medizin. »Ich freu mich«, antworte ich und beschließe, weiter an meinem Schmuck zu arbeiten.

Kapitel 15

Ich sitze im Schneidersitz mit geschlossenen Lidern und atme tief ein und aus. Menschen spazieren hinter den hohen Büschen der Grundstücksbegrenzung entlang. Sie lachen, reden und genießen die Sonnenstrahlen an diesem Frühlingstag. Die Sonne kitzelt mich und ich lasse die angenehme Wärme meinen Körper durchdringen, bevor ein sanfter Windhauch sie wieder nimmt. Für einen kurzen Moment fühle ich mich vollkommen. Glücklich, dass das Leben leicht und unbeschwert ist. Doch im nächsten Moment schiebt eine dunkle, schwere Wolke die Leichtigkeit zur Seite. Es gibt einen Grund, warum ich hier bin, auf dem Liegestuhl, und meditiere. Ich bin nicht im Urlaub, nicht auf der Suche nach Auszeit oder Me-Time. Ich bin hier, um auszubrechen, mich zu verstecken, wegzulaufen. Ich bin hier, weil ich nicht den Tatsachen ins Auge schauen kann. Täglich schiebe ich Entscheidungen auf.

Kinderlachen reißt mich aus meinen Gedanken und ich öffne meine Augen, blicke ins satte Grün des perfekt gepflegten Gartens. Ich verstecke mich hier hinter den großen Toren der

Einfahrt im perfekt unperfekten Leben meiner Familie. Ich nehme mein Handy in die Hand. Sechs verpasste Anrufe seit meiner Ankunft hier. Anrufe, die ich bewusst ignoriert habe, um erst einmal runterzukommen. »Soll ich zurück-rufen?«, frage ich einen Spatz, der vor mir auf der Wiese herumspringt, und fühle mich dabei absolut verrückt. Da der Vogel aufhört zu sprin-gen, sehe ich das als ein »Ja« und rufe meinen Bruder an.

»Schwesterherz«, begrüßt er mich.

»Was machst du?«

»Sicherlich nicht die Füße hochlegen«, scherzt er. »Wie läuft der Urlaub?«

»Ha ha.«

»Mama versucht dich seit Tagen zu erreichen. Wieso rufst du nicht zurück?«

Ich zögere einen Moment, bevor ich ihm ant-worte. »Ich habe euch gesagt, ich brauche etwas Bedenkzeit.«

»Was nicht bedeutet, dass du uns ignorieren und dich totstellen musst.«

»Das ist mir schon bewusst, Tom, aber du musst mich auch verstehen. Ich sehe den Wald vor lauter Bäumen nicht.«

»Hmm ...«

»Wenn du in meiner Haut stecken würdest, wüsstest du, was ich meine.«

»Ich möchte dich aber nicht verlieren. Du gehörst zu uns. Du gehörst in die Geschäftsleitung. Triff bitte die richtige Entscheidung, hier geht es heiß her und die Uhr tickt.«

»Was meinst du damit?«

»Sanna, ich kann und darf mit dir darüber nicht sprechen, aber du solltest wissen, dass die Lage ernst ist.«

»Wie ernst? Geht es um den Sander?«

»Ja. Möchtest du wirklich, dass er dich vom Thron kickt?«

Ich lache auf. »Das soll er mal versuchen ... mir gehört die Firma. Also uns. Was will der eigentlich?«

»Ja schon, doch ... ach, egal jetzt. Hör zu. Du bist meine große Schwester. Du weißt, ich stehe hinter dir und deinen Entscheidungen, doch lass dir bitte nicht allzu viel Zeit. Ich zähle auf dich, Sanna. Es wird Zeit, dass sich hier etwas bewegt. Du warst zu lange fort.«

Und ich habe nicht vor, zurückzukommen, denke ich mir, doch ich schlucke meine Gedanken herunter. Ich kann mir beim besten Willen nicht vorstellen, so monoton ohne jegliche Freiheit für Kreativität zu arbeiten, wie es Tom tut. Von morgens bis abends im Büro verbringen, mich mit Zahlen, Fakten und Personalentscheidungen rumschlagen. Jegliche Freiheiten bleiben uns verwehrt, die festen Strukturen, die Tradition darf laut unserer

Eltern nicht verändert oder zerstört werden, wie sie es immer betonen. Der Kunde liebt die Tradition. Bla, bla. Und dann wundern sie sich, dass sich nichts ändert, die Zielgruppe die gleiche bleibt, die Zahlen nicht steigen und wir nach und nach in die Insolvenz rutschen. Ich musste mir das Lachen verkneifen, als meine Mutter beim Essen das Argument brachte, dass sie doch schon in ein neues, moderneres Logo investiert hätten. Wow. Das neue Logo, die alte Firma. So soll Goldkraft wachsen? Doch wer bin ich, dass ich sie zum Umdenken bewegen möchte, jetzt, wo sie beide komplett zurücktreten wollen, andere Pläne für ihre Zukunft haben? Und dann taucht auch noch dieser neue Anwalt auf, der einfach mal so in die Geschäftsleitung rutscht, Prokura erteilt bekommt, und das alles hinter meinem Rücken.

Ich rücke den Liegestuhl zurecht, bevor ich ins Haus gehe, und mich den wichtigen Dingen des Lebens widme: meiner eigenen Kollektion. Vielleicht ist das eine Chance. Die Chance, mich am Ende selbst zu verwirklichen.

Die nächsten drei Stunden bis zu meiner Verabredung vergehen im Flug. Ich arbeite an meiner Kollektion, als es an der Tür klingelt. »Hi, schön, dich wiederzusehen«, sage ich freudestrahlend und betrachte diesen unglaublich gutaussehenden Mann von oben bis unten. Er kommt herein, schließt die Tür hinter sich. Sein Blick bleibt an meinem Bildschirm hängen.

Nachdem ich ihm in Kurzform geschildert habe, was ich eigentlich so mache, stellt er sichtlich interessiert viele Fragen. »Erzähl mir mehr. Ist das auch von dir?« Er deutet auf meinen Bildschirm, auf dem sich Ringe zieren, an den Fingern meines Models vor einigen Jahren. Es waren Ringe aus meiner eigenen Kollektion. »Woher kommen deine Ideen? Wie kommst du darauf?« Er schwingt sich lässig auf den Stuhl.

»Hey, Moment, nichts anfassen bitte, es steckt sehr viel Arbeit darin.« Als ich mich ihm nähere und mein Notebook von ihm wegziehe, umfasst er mein Handgelenk und ein Schauer durchfährt mich. Unsere Blicke treffen sich. »Hey, ich meine es ernst.«

»Ich will es doch nur sehen. Ich gucke dir schon nichts ab.«

Ich schaue ihn mit hochgezogenen Brauen an.

Jetzt lehnt er sich cool zurück in den Stuhl, ein Mundwinkel hebt sich. »Na komm schon, spann mich nicht auf die Folter, ich möchte sehen, was du da machst. Woher kommen deine Inspirationen? Filme? Bücher?«

»Ich schaue so gut wie gar kein Fernsehen und lese auch wenig.«

»Oh, okay.«

»Überrascht es dich? Hast du mich jemals mit einem Buch oder vor dem Fernseher gesehen?«

»Ja gut, wir hatten anderes zu tun bei unseren Begegnungen. Und was du die letzten zehn Jahre gemacht hast, kann ich leider nicht wissen. Ich war ja nicht dabei.«

»Was auch wirklich schade ist«, antworte ich und frage mich im selben Moment, ob wir gerade miteinander flirten.

Manchmal kommen die Ideen, während ich unterwegs bin, am Hafen entlang schlendere, meine Gedanken ruhen lasse, mal runterkomme, die Menschen beobachte. Manchmal sind es ganz einfache Gegenstände. Doch am Ende kommen ganz besondere Dinge dabei raus. Ich sehe die fertigen Stücke schon vor meinem inneren Auge und würde sie am liebsten sofort selbst tragen.

»Du bist wunderschön.«

Hat er das wirklich gesagt oder habe ich mir das gerade eingebildet?

»Ich freue mich, dass du hier bist, dass wir uns hier wiedergetroffen haben.«

Ich schlucke, würde es am liebsten zurückgeben, doch die Worte möchten meinen Mund nicht verlassen, so groß ist das schlechte Gewissen gegenüber Chris. »Wollen wir los?«, weiche ich ihm aus.

Er lacht. »Na gut, aber nur, wenn du mir versprichst, dass du auch mal etwas für mich designst.«

»Für dich?«

Doch bevor ich eine Antwort erhalte, schaue ich ihm nach, wie er zur Tür geht, und höre im Anschluss die Tür ins Schloss fallen. »Hä? Gehen wir nicht gemeinsam?«

»Mach dich hübsch, ich warte draußen.«

Mein Magen zieht sich zusammen. Ich atme tief durch und denke daran, wie es wäre, ihn erneut zu küssen, seine Lippen zu berühren, länger als beim letzten Mal. Ich setze mich auf den Stuhl, schließe die Augen, denke an seinen Blick, seinen festen Griff um mein Handgelenk, an sein Lachen und stelle mir vor, wie er mich zu sich zieht, mir tief in die Augen schaut, seine Lippen meine berühren, wir uns küssen, innig, leidenschaftlich, prickelnd. Wie er meinen Körper umfasst, mich noch fester und näher an sich drückt. Wie damals. Doch nun fühlt es sich einfach wie ein Traum an, als hätten wir nie etwas miteinander gehabt. Nie. Doch vielleicht wird dieser Moment irgendwann kommen, vielleicht werden wir irgendwann dort weitermachen können, wo wir damals aufgehört haben. Ich lasse den Kopf in den Nacken fallen. »Gott, Sanna, reiß dich zusammen. Denk an deine Karriere. Dein Leben, deine Zukunft. Du bist gut, du wirst es allen beweisen, du wirst auf deinen eigenen Bei-

nen stehen und deinen Eltern die Stirn bieten«,
sage ich halblaut und gehe ins Badezimmer.

Kapitel 16

Der Sand ist kühl unter meinen nackten Füßen. Ich hatte nicht damit gerechnet, dass er alles vorbereiten und mich mit diesem Picknick überraschen würde. Dieser Strandabschnitt, der versteckt hinter einem steilen Forstweg liegt, war mir nicht bekannt, obwohl wir einige Dates in der Vergangenheit an Orten hatten, die versteckt lagen.

»Wann hast du das denn organisiert?« Ich lächele ihn an, versuche mich dennoch zu kontrollieren, ihm nicht vor Dankbarkeit und Glück um den Hals zu fallen. Auf einer Decke liegen zwei Gläser und eine Flasche Wein. Er beobachtet meine Reaktion. »Geh weiter«, stupst er mich an. »Los, ich muss noch einmal zurück, bin gleich wieder da.« Ich schaue ihm nach, wie er hinter einem Gebüsch verschwindet, um wenige Sekunden später mit einem Korb zurückzukehren. Ich lasse mich auf der Decke nieder und sehe ihm zu. »Für einen Bootsjungen hast du dich ziemlich schick gemacht«, stelle ich fest. Er lacht, kratzt sich am Hinterkopf und errötet.

»Das alles hier ist wirklich süß von dir. Das wäre aber nicht nötig gewesen.«

Er lächelt mich an, nicht nur mit seinem Mund, sondern auch mit seinen Augen, während er den Kopf neigt und mich anblickt. Ich spüre Verbundenheit und Vertrauen. »Stoßen wir an?«

»Auf uns.«

Die Zeit fließt und wir unterhalten uns über Gott und die Welt, wir lachen, albern herum und sehen uns tief in die Augen, während die Sonne untergeht. Die Sonne taucht den Himmel in einen warmen Orange- und Rotton und wirft lange Schatten über das Wasser. Eine leichte Brise weht, die den Duft von Gras und Wasser mit sich bringt. Der Moment mit ihm kommt mir wie ein Traum vor. Ich lausche dem sanften Plätschern des Wassers, das die Stille um uns herum durchbricht, nehme all meinen Mut zusammen und lehne mich an ihn. Er seufzt zufrieden und legt seinen Arm um meine Hüfte.

»Es ist wunderschön hier.«

Die Farben verblassen langsam und die Dunkelheit breitet sich aus. Geküsst haben wir uns nicht, aber zu schön war dieser Nachmittag, der Abend, als dass ein Kuss nötig gewesen wäre.

Als die Nacht hereinbricht, machen wir uns auf den Weg zum Ferienhaus in Begleitung der Sterne, die am Himmel funkeln.

»Der Tag war wirklich schön, Finn. Ich weiß zwar nicht, wie lange ich hier am Edersee bleibe, doch wir müssen das wiederholen.«

»Sehe ich genauso.« In dem Moment, als ich mich umdrehen und das Tor aufschließen möchte, zieht er mich dicht an sich. Er sieht mir ernst und tief in die Augen, zieht mich noch näher an sich heran und jegliche Versuche, mich daran zu hindern, ihn zu küssen, schlagen fehl. Ich drücke meine Lippen fest gegen seine. Es ist nur ein Kuss, doch der längste und intensivste, den ich je erlebt habe, während uns der frische Edersee-Wind auseinanderwehen möchte.

Ich verabschiede mich von Finn und verspreche, mich bald wieder bei ihm zu melden. Er nickt verständnisvoll und verschwindet in der Dunkelheit.

Kapitel 17

Meine Gedanken sind am nächsten Morgen in Aufruhr, als ich versuche, das alles zu verarbeiten. Ich habe estern ein unglaubliches Date mit einem tollen Mann gehabt, der sich mehr für meine Arbeit, meine Leidenschaft interessiert hat, als jemals jemand anderes. Ich bin heute Morgen aufgestanden, habe mir einen Tee gemacht und habe endlich einen Plan. Endlich ein Schritt in Richtung Entscheidung. Finn hat mich aus meiner Unentschlossenheit herausgeholt, er hat mir die Augen geöffnet. Der Tag mit ihm in Waldeck war es, der mein Leben verändern sollte.

Ich atme tief durch und stehe hinter meiner Entscheidung. Ich werde nach Waldeck fahren und die Inhaberin des Schmucklädchens darum bitten, ihre Arbeit und ihr Leben kennenlernen zu dürfen. Woher nimmt sie ihre Inspirationen? Und kann sie davon leben?

Ich hätte nie gedacht, dass diese kleine Auszeit eine Reise voller Überraschungen sein würde. Kopf hoch, aufrichten, Krönchen richten, nach vorne blicken.

Ich bin bereit, ab sofort jeden Moment zu genießen und zu sehen, wo es mich hinführt.

Als ich die Tür des Schmuckgeschäfts öffne, bin ich einmal mehr begeistert von dem liebevollen Ambiente dieses Geschäfts. Nicht nur die Steine und die Schmuckstücke funkeln in ihrem Lädchen, auch ihr Lächeln ist nicht zu übersehen. Marietta, die Inhaberin, begrüßt mich herzlich und führt mich herum. Sie zeigt mir all ihre Schätze und erzählt mir von ihrer Leidenschaft für Schmuck. Ich höre ihr gebannt zu und merke schnell, dass wir uns auf einer Wellenlänge befinden.

»Sanna, ich freue mich sehr darüber, dass du so interessiert an meiner Arbeit bist. Lass uns in meine Werkstatt gehen, ich würde dir gerne mehr zeigen. Und wenn du magst, dann bleib doch gleich für ein paar Tage, dann lernst du Waldeck und seine Bewohner kennen.«

Ich schlucke. Wärme durchströmt meinen Körper. Hat sie mir ernsthaft angeboten, ihr ein paar Tage über die Schulter zu gucken, ihre Arbeit und ihre Kunden kennenzulernen?

Ich bin überwältigt und habe das Bedürfnis, direkt zuzusagen, Abstand von meinen Problemen zu nehmen und mich in etwas zu vertiefen, das ich liebe. Und welcher Ort könnte besser geeignet sein als das idyllische Waldeck?

»Ja, sehr gerne!«, sage ich begeistert. »Ich möchte ein paar Tage bei dir verbringen und von dir lernen.«

Marietta strahlt. »Das ist großartig, Sanna. Ich bin sicher, dass wir eine wunderbare Zeit zusammen haben werden. Ich habe im Dachgeschoss noch ein Gästezimmer, wenn du magst.«

»Das ist sehr lieb von dir, doch ich habe eine Bleibe hier in der Nähe. Es reicht mir schon, wenn ich dir ein paar Tage bei der Arbeit zuschauen darf.«

Ich bin gespannt darauf, was die nächste Zeit für mich bereithält.

Am nächsten Tag betrete ich voller Vorfreude den Schmuckladen. Das alte Fachwerkhaus ist gefüllt mit Geschichte und Charakter, und das Glockenspiel begrüßt mich mit einem melodischen Klingen, als ich die Tür öffne.

Die Inhaberin umarmt mich zur Begrüßung. »Ich möchte dir meine Werkstatt zeigen.«

Ich folge ihr in eine kleine Stube im hinteren Teil des Ladens. Sie legt ihren Arbeitskittel an und bereitet sich darauf vor, einen neuen Ring für eine Kundin zu schmieden.

Ich beobachte gespannt, wie sie ein Stück Gold auswählt und es in ihren Amboss legt. Mit geübten Handgriffen schlägt sie das Gold mit einem Hammer, um es zu formen. Sie arbeitet konzentriert und präzise.

Ich bin fasziniert von ihrer Kunstfertigkeit.

Jeder Schlag des Hammers ist ein weiterer Schritt in Richtung eines einzigartigen Kunstwerks.

Als der Ring endlich fertig ist, hält Marietta ihn hoch und lässt ihn im Licht funkeln. Ich bin begeistert von seiner Schönheit. »Du bist super flink. Ich bin beeindruckt.«

»Danke. Fertig bin ich noch lange nicht. Jedes Stück ist ein Unikat.«

Während ich fasziniert zuschaue, wie Marietta in ihrem Element ist, betritt eine elegante ältere Dame den Laden. Mein Blick wandert zu ihr, die Augen der Kundin über die funkelnden Schmuckstücke, bis sie schließlich eine silberne Kette in einer gläsernen Vitrine entdeckt. Mit leicht zitternden Fingern nimmt sie das Schmuckstück heraus und betrachtet es eingehend.

»Kundschaft. Ich mache später weiter.« Marietta bindet sich die Schürze ab und begrüßt die ältere Frau. »Diese Kette, die Sie da halten, ist eine ganz besondere. Sie wurde von einem talentierten Goldschmied namens Markus erschaffen. Jedes einzelne Detail spiegelt seine Hingabe und Leidenschaft wider.«

Die Kundin lauscht aufmerksam, ihre Augen voller Interesse. »Markus, sagen Sie? Mein verstorbener Gatte hieß Markus und war auch Goldschmied.«

»Oh, wie wunderbar! Es scheint, als hätten wir hier eine besondere Verbindung. Erzählen Sie mir doch bitte mehr von Ihrem Mann.«

Ein Hauch von Wehmut liegt in der Stimme der Kundin, während sie ihre Geschichte teilt.

»Mein Mann, Gott hab' ihn selig, war ein wahrer Künstler. Jeder Tag in seiner Werkstatt war für ihn ein Geschenk. Er liebte es, mit dem glänzenden Metall zu arbeiten, es war seine Leidenschaft, die ihn jeden Morgen antrieb.«

Ich bin tief beeindruckt von den Worten der Kundin. Ihre Augen füllen sich, während sie von den unvergesslichen Momenten spricht, die sie mit ihrem Mann geteilt hat.

»Es war eine Liebe, die über das Handwerk hinausging. Ich war seine Muse, und seine Kunst war ein Ausdruck unserer gemeinsamen Liebe. Es war ein Geschenk, ihn an meiner Seite zu haben, und obwohl er nicht mehr physisch bei mir ist, spüre ich ihn noch immer in jedem Stück, das er geschaffen hat.«

Während ich die Worte der Kundin aufnehme, wird mir klar, wie tief sie von diesen Erinnerungen berührt ist. Es ist eine Geschichte von Leidenschaft, Liebe und dem Erbe, das ein Mensch in seiner Kunst hinterlässt.

Als ich an diesem Tag zurück in das Ferienhaus komme, denke ich über die Worte der

Kundin nach. Ich überlege, wie wichtig es ist, Leidenschaft in seine Arbeit und sein Leben zu bringen, und wie sehr es uns bereichert und erfüllt, wenn wir diese ausleben. Ich erkenne die blinden Flecken in meinem Leben, die schwarzen Stellen und möchte so nicht mehr weitermachen.

Mein Handy vibriert. »Hey, ich habe zwei Tage nichts von dir gehört, mache mir schon Sorgen. Bist du noch am Edersee? Lust bei mir vorbeizuschauen? Im Bootshaus?«

Im Bootshaus? Mein Körper verkrampft sich. Im Bootshaus ...

»Es ist spät, ich wollte mich gerade hinlegen. Vielleicht morgen Abend? Bin bis 17 Uhr in Waldeck. Gute Nacht.«

Ich stehe am Verkaufstresen und schaue hinaus auf die leere Straße. Die Sonnenstrahlen scheinen durch das Schaufenster und tauchen den Raum in ein warmes Licht. Die Schmuckstücke, die in den Vitrinen ausgestellt sind, glänzen und funkeln. Ich kann nicht anders, als zu lächeln, denn ich liebe diesen Raum und alles, was er repräsentiert.

Dann betreten zwei ältere Damen das Geschäft. Sie tragen bunte Kleider und große Sonnenhüte, die ihre Gesichter teilweise verdecken. Ich begrüße sie mit einem freundlichen Lächeln und frage höflich, ob ich ihnen helfen kann. Ich weiß ganz genau, wer sie sind, da Marietta sie gestern bereits angekündigt hat. Die Damen scheinen sehr entschlossen und wissen genau, wonach sie suchen.

Sie sind Stammkunden aus Waldeck und sehr bekannt in der Region, gerade für ihre Extravaganz. Wir kommen schnell ins Gespräch und ich lasse mir von ihnen erzählen, welche Anlässe sie haben, für die sie Schmuckstücke benötigen. Sie erzählen mir von Hochzeiten, Taufen und Geburtstagen und ich bin erstaunt, wie viele besondere Momente sie in ihrem Leben bereits erlebt haben.

Während ich ihnen bei der Auswahl ihrer Schmuckstücke helfe, erzählen mir die Damen ihre Geschichten. Die eine Dame zeigt mir einen Ring, den sie vor vielen Jahren von ihrem verstorbenen Ehemann bekommen hat. Sie erzählt mir, wie sehr sie ihn vermisst und wie viel ihr der Ring bedeutet. Die andere Dame zeigt mir eine Kette, die sie von ihrer Großmutter geerbt hat und die sie bei jeder wichtigen Gelegenheit trägt.

Ich höre aufmerksam zu und lasse mich von ihren Geschichten mitreißen. Ich fühle mich geehrt, dass sie mir ihre Geschichten anvertrauen und sie mit mir teilen. Es ist eine weitere besondere Erfahrung, die ich nicht so schnell vergessen werde.

Auch spüre ich die Spannung in der Luft, denn es ist mein letzter Tag bei Marietta. Ich werde ihre Gesellschaft und ihre Arbeit vermissen, auch wenn es nur drei Tage waren.

Bevor ich mich auf zu Finn mache, beschließe ich, mich im Haus kurz frisch zu machen. Ich freue mich so darauf, was Finn zu meinen Plänen sagen wird. Doch bevor ich das Tor aufstoßen kann, traue ich meinen Augen nicht.

Dort steht Herr Sander. Seinem Gesichtsausdruck kann ich entnehmen, dass er lange auf mich gewartet haben muss. Er wirkt angespannt.

»Sanna, ich muss dringend mit Ihnen sprechen«, sagt er, als ich näherkomme.

Ich nicke, schließe die Tür auf und bitte ihn hinein. »Mit Ihnen habe ich wirklich nicht gerechnet, tut mir leid, dass ich gerade so sprachlos war.«

Drinnen setzen wir uns an den Küchentisch.

»Es geht um die Firma. Wir brauchen eine Antwort von Ihnen, wie es weitergehen soll. Werden Sie in Hamburg wohnen bleiben oder zurück nach Kassel ziehen? Werden Sie die Firma gemeinsam mit Ihrem Bruder führen? Möchten Sie das überhaupt?«

Ich sehe ihn an, während die Fragen auf mich einprasseln. Ich fühle mich völlig überfordert.

Eine halbe Stunde später steht er auf. »Sie wissen nicht, wie ernst die Lage ist, oder? Denken Sie, Sie könnten hier in Ruhe Urlaub machen?«

»Ich ... Ich ... was soll denn das jetzt?«

»Ach, ich wollte mich nicht einmischen, aber wenn wir schon mittendrin sind ...« Er nimmt sein Handy in die Hand, tippt darauf herum und steckt es wieder ein. »Ich mache mich los.« Er dreht sich um, verlässt das Haus und mich mit einem riesigen Fragezeichen auf meinem Gesicht. Dann klingelt mein Handy.

»Hey Tom, kannst du mir bitte mal verraten, was mit dem Sander los ist? Was hat er für ein Scheißproblem?«

»Hat er es dir nicht gesagt?«

»Was meinst du? Er hat nur gesagt, dass ich mich endlich entscheiden muss, und das werde ich bald, versprochen. Sei mir bitte nicht böse, ich bin verabredet und muss los. Wir hören uns, okay?«

Wieso bin ich vor jedem Treffen mit Finn so aufgeregt? Und wieso schwindet die Aufregung, wenn wir uns erneut gegenüberstehen, miteinander sprechen und lachen? Vielleicht weil ich mir mehr Gedanken über ihn mache, wenn wir nicht zusammen sind. Mehr Gedanken über ihn, über uns, über Chris, über die Firma. Und wenn ich bei ihm bin, vergesse ich alles um mich herum. Es ist einfach nur schön, sich so leicht und unbeschwert zu fühlen.

Ich steige die Treppen hinab, Schritt für Schritt. Nicht barfuß wie damals, als wir uns liebten. Als wir Spaß hatten, als wir bis zum Morgengrauen zusammen lachten, uns neckten, übereinander herfielen, er mir meine Haarsträhne hinter mein Ohr klemmte, um mir danach einen Kuss auf die Wange zu geben. Er hielt meine Hand, begleitete mich nach Hause, um sicherzugehen, dass ich heil im Ferienhaus ankomme, mich unbemerkt reinschleiche. Bis heute weiß er nicht, dass ich mit meinen dreckigen Füßen in mein Zimmer nach oben lief, immer eine Treppe übersprang, um schnell am Fenster zu sein, um ihm heimlich nachzuschauen. Ich liebte ihn, ich liebte den ganzen Sommer. Den ersten Sommer, den nächsten Sommer und jeden weiteren. Doch nicht für immer. Alte Erinnerungen blitzen wieder auf, bereiten mir Wohlbehagen und auch Nervosität. Ich habe keine Erwartungen an diesen Abend. Doch ich freue mich, Finn wiederzusehen. Dann bleibe ich vor der alten Holztür des Bootshauses stehen, um tief durchzuatmen, um ruhiger zu werden und mir einen Moment zu geben. Ich beuge mich etwas vor, um zu lauschen, höre nur das Wasser ganz tief unter meinen Füßen, so nah, so vertraut, am Edersee.

Kapitel 18

Ich weiß nicht, wie viele Stunden bereits vergangen sind, doch ich weiß, dass ich mich noch nie so tiefgründig und so ehrlich mit jemandem unterhalten habe.

Ich lehne mich an Finn und spüre das rhythmische Rauschen des Wassers unter dem Bootshaus. Die Dunkelheit umgibt uns, neben dem dezenten Nachtlicht an seinem Bett.

Zehn Jahre sind vergangen, seit wir das letzte Mal hier waren, aber die Erinnerungen sind so lebendig wie zuvor. Damals war ich jung und frei, bereit für eine romantische Liebesgeschichte. Doch jetzt, zehn Jahre später, habe ich Angst. Ich habe Angst, mich wieder zu verlieben.

In seinen Armen fühle ich mich geborgen und sicher. Seine Hände streicheln sanft meinen Rücken und ich schließe die Augen, genieße jede Berührung. Wir sind uns so nahe. Ich drehe mich zu ihm um, unsere Lippen finden sich und es ist, als würde die Zeit stillstehen. Ich gebe mich dem Moment hin, lasse mich von der Leidenschaft mitreißen.

Wir sinken auf die weiche Decke. Unsere Körper verschmelzen miteinander, als würden wir für immer so vereint bleiben wollen. Jede Berührung ist voller Liebe und Leidenschaft und ich weiß, auch wenn ich es versuche, zu verdrängen, dass ich mich erneut in ihn verliebt habe, und das, obwohl Chris noch nicht aus meinem Kopf verschwunden ist. Ich habe Angst, aber ich bin auch bereit für etwas Neues. Einen Weg einzuschlagen, eine Reise, von der ich nicht weiß, wo sie mich am Ende hinführt.

»Ich sollte jetzt besser gehen, es ist spät«, unterbreche ich unseren Kuss. Ich möchte keinen Fehler machen und beschließe, nach Hause zu gehen, auch wenn mein Körper nach mehr schreit.

»Okay«, antwortet er verständnisvoll, »Ich bringe dich noch zurück.«

Wir bleiben noch kurz auf dem Bootssteg stehen und schauen in die Dunkelheit, aufs Wasser.

Ich betrachte ihn, seine markanten Gesichtszüge, seine Augen.

»Es ist viel passiert, seitdem ich hier bin.«

Er lacht. »So ist das Leben, Sanna. Voller Überraschungen. Und sei ehrlich, du freust dich doch, dass wir uns hier wiedergetroffen haben.«

Ich spüre, dass ich erröte.

»Wir haben über vieles gesprochen, aber du hast mir immer noch nicht gesagt, warum du hergekommen bist.«

»Es ist wie bei dir. Nach dem Rechten sehen«, lüge ich. Er dreht seinen Kopf zu mir, doch dieses Mal wende ich den Blick ab und lasse ihn durch die Ferne gleiten. »Ich bin zum Arbeiten hergekommen«.

»Ist dir in Hamburg langweilig?« Er schmunzelt.

»Nicht langweilig, nein, aber es gibt Dinge, die ich klären muss. Entscheidungen, die ich treffen soll.«

»Und darin bist du nicht gut, nicht wahr?«

»Nein, ich hasse es. Meine Eltern machen es mir nicht leicht.«

»Und wieso lässt du es dir schwer machen? Wieso bietest du ihnen nicht die Stirn und sprichst über deine Bedürfnisse? Deine Wünsche?«

Ich atme laut aus. »Du hast leicht reden. Hast du denn vergessen, wie meine Eltern drauf sind? Ich meine, du kennst sie, gerade meine Mutter. Sie ist die sturste Person, die ich kenne.«

»Kann ich dir nicht irgendwie helfen?«

Ich weiche seinem Blick aus. »Lass uns gehen.«

Als ich am nächsten Tag von einem langen Spaziergang zurückkehre, sehe ich, dass das Tor offensteht, obwohl ich mir sicher bin, es zugeschlossen zu haben.

Mein Blick bleibt an den Fenstern des Obergeschosses hängen. Eines davon steht weit offen. Wer war hier? Wer hatte einen zweiten Schlüssel? Vielleicht Tom? Zögernd laufe ich um das Haus herum und bleibe vor der Eingangstür stehen. Dann lehne ich mich etwas vor, halte inne und erhoffe mir, eine bekannte Stimme zu hören. Es wird ja wohl kein Einbrecher sein? Der würde sicherlich nicht das Fenster offenlassen. Zaghaft führe ich den Schlüssel in das Schloss und schiebe die Tür auf. Im Inneren des Hauses ist es hell, die Klappläden aus Holz hatte ich heute Morgen nicht angerührt. Ich habe das Haus dunkel verlassen, auch hier bin ich mir sicher. Langsam schließe ich die Tür hinter mir und schleiche ins Wohnzimmer, dann in die Küche, doch es ist niemand da. Auch von oben höre ich nichts. Ob ich mal laut rufen sollte? Besser nicht, ich weiß ja nicht, was oder wer mich erwartet. Vielleicht war Chris hier? Für eine Versöhnung? Es wäre ein schlechter Zeitpunkt.

»Mama?« Sie sitzt auf dem Bett und blättert in einem Buch. »Was machst du denn hier? Und wie bist du hierhergekommen?« Ihr Auto stand zumindest nicht vor oder in der Einfahrt.

»Hallo Schatz.«

Ich ziehe meine Jacke aus und setze mich zu ihr aufs Bett. »Was ist das?«

»Ich war lange nicht mehr hier. Doch ich

wusste, wo ich das hier finde.« Sie schlägt das Buch zu und hält es hoch. »Mein altes Notizbuch.«

»Geht's dir gut, Mama?«

»Den Umständen entsprechend, Liebes. Wieso gehst du nicht ans Telefon, antwortest nicht auf meine Nachrichten?«

»Ich kam nicht dazu.«

»Aha. Anscheinend hast du eine schöne Zeit.«

»Den Umständen entsprechend«, antworte ich mit einem Hauch Ironie.

Sie faltet ihre Hände zusammen und blickt mich ernst an. »Sanna?«

»Wenn ich ehrlich bin, habe ich noch keine endgültige Entscheidung für mich getroffen«, lüge ich, denn tief in mir habe ich sie bereits getroffen.

»Er ist aber nicht der Grund dafür, oder?«

Meinte sie Finn?

»Sanna, ich bin nicht hierhergekommen, um mit dir über unwichtige Dinge zu sprechen. Ich möchte wissen, wie du dich entschieden hast. Die Zeit rennt und länger können wir nicht warten. Wirst du nach Kassel zurückkehren und den beiden die Stirn bieten?«

»Den beiden die Stirn bieten?«

»Richtig. Und zu hundert Prozent mit in die Geschäftsleitung einsteigen und um unsere Firma kämpfen?«

Wovon sprach sie da? Kämpfen, Stirn bieten? »Mama, du verwirrst mich. Und du kennst meine Meinung dazu, ich kann nicht auf das Designen verzichten. Du weißt, wie sehr ich es liebe.«

»Ich brauche dich aber als meine Nachfolgerin. Ich möchte dir vertrauen, dir die Firma überlassen. Verstehst du das nicht?«

»Ich denke, wenn Tom den größeren Teil der Arbeit übernimmt und ich ...«

»Nein. Nein und noch einmal Nein, Sanna, das Zeichnen kannst du dir für deine Freizeit aufheben.« »Aber ...«

»Nichts aber, Sanna. Es geht um wichtige Entscheidungen und wir haben nicht so viel in euch investiert, dass ihr machen könnt, was ihr wollt. Ich durfte das auch nicht entscheiden.«

»Ich bin aber nicht ...«

»Sanna, wirst du jetzt etwa respektlos?«

»Nein, nein. Du musst mich aber verstehen.«

»Ich konnte deine Entscheidungen nie verstehen. Seit du auf der Welt bist, stellst du dich uns quer, seit du klein bist, muss immer alles nach deiner Pfeife tanzen. Sanna, dieses Leben ist kein Wunschkonzert!«

Meine Augen füllen sich mit Tränen. Ihre Worte treffen mich so hart, als würde sie mir eine Ohrfeige verpassen.

»Mama, ich ... ich ...«

Sie erhebt sich vom Bett, und ich kann sehen, wie ihre Hände zittern. »Du wirst zu einhundert Prozent in die Geschäftsleitung einsteigen, sonst ...«, sie pausiert, »sonst wirst du keinen Cent mehr von uns erhalten.«

Fassungslos schaue ich ihr nach, wie sie das Zimmer verlässt, die Tür hinter sich zuschlägt und auf ihren Pumps die Treppen nach unten läuft.

Ich halte den Atem an. Ich reiße mich zusammen, warte, bis die Eingangstür ins Schloss fällt, drücke meine Handflächen fest auf mein Gesicht und schluchze los. Dieses Mal fühle ich mich nicht nur unterdrückt, nicht ernst genommen und verletzt, dieses Mal lasse ich nach so langer Zeit all die Gefühle los, die sich so lang in mir aufgestaut haben. Sich mit dreißig zu fühlen wie dreizehn. Danke Mama, dass du mir heute noch bestätigst, dass ich das alles gar nicht wert bin. Von euch nicht geliebt werde, nie geliebt wurde und ihr mich nur als eine Last seht.

»Habe ich halluziniert?«, frage ich laut, als ich mitten in der Nacht aufschrecke. Nur der Mond erleuchtet den dunklen Raum. Ich stehe auf und laufe zum Fenster. Es ist Vollmond. Es kann nur ein schlimmer Traum gewesen sein. Meine Mutter würde sich doch nie die Mühe machen, bis hierher zu fahren, um mir eine Predigt zu halten, weil ich ihre Anrufe ignoriert habe. Mein Handy verrät mir die Uhrzeit. Es ist kurz vor halb sechs. Zeit, um wach zu bleiben. Ich würde sowieso nicht wieder einschlafen können. Ich schalte das Nachtlicht an und dabei fällt ein Buch herunter. Das Buch, das meine Mutter gestern in der Hand hielt. Es ist doch kein Albtraum gewesen.

Ich senke meinen Kopf auf das Kissen und ehe ich weiter darüber nachdenken kann, merke ich, wie meine Augen schwerer und schwerer werden.

Kapitel 19

Ich stehe nervös in Mariettas Werkstatt. Mein Entschluss steht seit heute Morgen fest. Durch das Gespräch mit meiner Mutter bin ich mehr als sicher und nun muss ich Marietta überzeugen und mit ihr über meine Idee, mein Vorhaben sprechen. Meine Hände zittern, ich bin aufgeregt.

Die Werkstatt ist hell, das Licht scheint durch die hohen Fenster und füllt den Raum mit Lebendigkeit.

»Ich bin gleich so weit. Ich habe nicht damit gerechnet, dich diese Woche noch einmal zu sehen.«

Sie trocknet sich die Hände ab und blickt mich freundlich an. Auch erkenne ich eine gewisse Vorsicht in ihrem Blick.

Ich erkläre ihr, dass ich Teil eines großen Familienunternehmens bin. Diese Information überrumpelt sie sichtlich. »Nicht dein Ernst! Und das hast du mir all die Zeit verschwiegen? Jetzt bin ich aber erstaunt.« Ich lobe ihre Arbeit und sage ihr, wie sehr ich ihre Kunst bewundere. Ich wage mich vor und frage sie, ob sie sich vorstellen könnte, zukünftig mit mir zusammenzuarbeiten.

Marietta hört aufmerksam zu, als ich ihr von meiner Vision erzähle, von Schmuckstücken, die nicht nur schön aussehen, sondern auch eine Bedeutung haben. Ich sage ihr, dass ich glaube, dass wir ein großartiges Team abgeben würden und dass ich überzeugt bin, dass die Kombination aus meiner kreativen Vision und ihrem technischen Können erstaunliche Ergebnisse hervorbringen könnte.

Marietta nickt langsam, als sie meine Worte aufnimmt. Ihre Augen sind weit aufgerissen. Als ich fertig mit meinem Monolog bin, sieht sie mich immer noch mit großen Augen an: »Ich denke, wir können es ausprobieren«, sagt sie, »aber ich muss sicher sein, dass wir auf der gleichen Seite sind, was die Vision und die Ziele angeht.« Jetzt lacht sie los.

Ich nickte eifrig. »Ja, absolut!«, antworte ich. »Ich möchte leben und arbeiten wie du. Frei und unabhängig.«

Als ich zum Haus zurückkehre, bin ich voller Tatendrang und Vorfreude auf die Zukunft. Ich kann es kaum erwarten, Finn von meinen Plänen zu erzählen. Ich weiß, dass es nicht einfach wird, doch ich werde hart arbeiten und alles geben, um meine Träume zu verwirklichen. Ich habe endlich den Mut, mich meinen Ängsten zu stellen und mein Leben in die eigenen Hände zu nehmen.

Ich blicke in den Himmel hinauf und danke dem Universum für die Gelegenheit, meine Träume wahr werden zu lassen. Ich bin bereit für die Zukunft und entschlossen, alles zu erreichen, was ich mir vornehme.

Kapitel 20

Die nachfolgenden Tage verbringe ich mit Finn. Wir unternehmen eine Wanderung und besichtigen gemeinsam das Schloss Waldeck. Jeder Moment mit Finn ist erfüllt von Lachen, Leidenschaft und tiefen Gesprächen. Ich muss zugeben, ich habe mich in ihn verguckt und verbringe unheimlich gern Zeit mit ihm.

Doch trotz dieser wunderbaren Erfahrungen habe ich immer noch Angst, meine Pläne umzusetzen. Der erste Schritt muss sein, das Gespräch mit meinen Eltern zu suchen, ihnen von meinen Plänen zu erzählen, um endlich voranzuschreiten.

Ich sitze auf dem Sofa und wähle Toms Nummer.

»Hast du eine Entscheidung getroffen?«, fragt er mich.

»Hallo Bruderherz, mir geht es gut und selbst?«, antworte ich ironisch mit hochgezogenen Brauen.

»Ich komme morgen vorbei. Ich muss mit euch sprechen.«

»Wir auch mit dir, Sanna. Es gibt Dinge, die

wir dir sagen müssen. Ich bin froh, wenn du einfach kommst und du bald endlich wieder in Kassel bist.«

»Werde ich nicht.«

»Sanna.«

»Wir sprechen morgen, ja? Komm bitte auch. Aber du kannst dir denken, in welche Richtung meine Entscheidung geht.«

»Sanna. Das kannst du uns nicht antun. Er wird dir alles wegnehmen.«

»Wer?«

»Unser Halbbruder.«

»Wer?« Ein Halbbruder? »Jetzt sag nicht, dass du den Sander meinst?« Ich fühle mich wie in einem Strudel aus Emotionen. Verwirrung und Wut. Wieso haben mir meine Eltern das verschwiegen?

»Wir sprechen morgen, okay?« Er legt auf.

Ich bin nervös, als ich aus dem Auto aussteige und meine Eltern im Haus begrüße. Egal, was kommt, egal, welche Ausreden sie zu Sander haben, es ist mir egal. Ich bleibe mir und meiner Entscheidung treu. Wir gehen ins Wohnzimmer und setzen uns gemeinsam an den Tisch.

»Bist du endlich zur Vernunft gekommen? Ich hoffe, diese Auszeit hat sich gelohnt.«

Ich blicke streng zu meiner Mutter. »Die Auszeit ist noch nicht beendet. Ich werde später wieder zurückfahren.«

»Das ist jetzt nicht dein Ernst!«

Es war an der Zeit, Klarheit zu schaffen und meine Entscheidung bekanntzugeben. »Kommt Tom noch?«

»Nein. Wir sind allein.«

»Ich hatte ihn aber gebeten, herzukommen.«

»Und wir, dass er es nicht tut.«

Ich nehme einen tiefen Atemzug. »Ich bin hier, um über meine Zukunft zu sprechen«, sage ich bestimmt. »Ich möchte, dass ihr wisst, dass ich mich entschieden habe, meine Leidenschaft für Schmuckdesign weiterzuverfolgen.«

Meine Mutter prustet los: »Ja, ganz sicher.«

»Ja. Ich bin mir sicher.«

Mutter sieht mich erstaunt an. »Aber was ist mit der Firma, Sanna? Du bist Teil der Geschäftsleitung und hast Verpflichtungen.«

»Ich weiß«, antworte ich und blicke sie entschlossen an. »Aber ich möchte das nicht mehr. Ich möchte mein eigenes Leben leben.«

Mein Vater runzelt die Stirn. »Sanna, das ist unverantwortlich. Du hast Verpflichtungen und eine Verantwortung gegenüber der Firma und unserer Familie.«

»Ich verstehe eure Bedenken, aber ich möchte nicht den Rest meines Lebens damit verbringen, etwas zu tun, das mich nicht glücklich macht. Ich bin bereit, Verantwortung zu übernehmen und für meine Träume zu kämpfen.«

Beide sehen sich lange schweigend an.

Nun schaue ich meinen Vater direkt an. »Und was ist mit Herrn Sander? Wieso habt ihr mir nie gesagt, dass er mein Halbbruder ist?«

Meine Eltern blicken mich schockiert an, dann bricht Mutter in Tränen aus. »Sanna, bitte versteh es. Wir haben es dir nicht erzählt, weil wir dachten, es sei das Beste für dich.«

»Das Beste für mich?«, frage ich ungläubig. »Wie kann es das Beste für mich sein, wenn ihr mich anlügt?«

»Sanna«, sagt Vater scharf. »Wir erwarten, dass du deine Verantwortung ernstnimmst und zurück nach Kassel ziehst, um weiterhin für die Firma zu arbeiten.«

»Mit deinem Halbbruder hat das nichts zu tun«, fügt meine Mutter hinzu.

Ich schüttele den Kopf. »Nein, ich werde nicht mehr für die Firma arbeiten. Ich weiß auch noch nicht, ob ich in Hamburg bleibe oder am Edersee lebe, aber ...«

»Am Edersee? Was ist mit dir los? Jetzt sag mir nicht wegen des Bootsjungen da.«

»Ich habe mich entschieden, mein eigenes Leben zu leben. Ich bin stark genug, um allein weiterzumachen.«

Von Wut, Schock bis über Enttäuschung erkenne ich jede Emotion in ihren Gesichtern. Ich habe endlich Klarheit und will nicht mehr zurückblicken. »Und über den Sander, wie heißt er eigentlich mit Vornamen? Ach, ist mir eigentlich egal, über den sprechen wir wann anders.«

Ich sitze auf der Terrasse des Restaurants und starre auf die tanzenden Flammen des Kerzenlichts. Meine Gedanken kreisen, als Finn plötzlich meine Hand nimmt und mich aus ihnen herausreißt. »Sanna, ist alles okay bei dir?«, fragt er besorgt.

Ich nicke schnell und lächle. »Ja, es ist alles gut. Ich bin nur ein bisschen durcheinander.«

Finn lächelt verständnisvoll und drückt meine Hand. »Weißt du, ich habe dich nie vergessen. Du warst immer in meinen Gedanken.«

Ich spüre eine Wärme in meiner Brust, als ich höre, wie aufrichtig er spricht. »Ich weiß, es klingt verrückt, aber ich habe das Gefühl, als ob keine Zeit vergangen ist, seit wir uns das letzte Mal gesehen haben. Vor zehn Jahren.«

»Weißt du, heute war ein echt seltsamer Tag. Ich habe meinen Eltern von meinen Plänen erzählt und erfahren, dass ich einen Halbbruder habe. Und ich muss dir etwas gestehen: In Hamburg habe ich mit meinem Verlobten zusammengelebt, der mich vor zwei Wochen verlassen hat. Wegen etwas, das ich angeblich gesagt haben und was später in einem Interview veröffentlicht werden sollte.« Ich schlucke. Auch

er scheint sichtlich irritiert. »Du tust mir unglaublich gut. Ich genieße jeden Moment mit dir
und ich liebe es, dass ich so offen mit dir über
alles reden kann, Finn. Ich bin zum Edersee gekommen, um Entscheidungen für mein Leben
zu treffen, und die habe ich nun getroffen.«

»Verlobt? Puh, Sanna. Mein Herz zerbricht
gerade«, scherzt er. »Ich hoffe dennoch, dass
ich bei deinen Entscheidungen auch eine kleine
Rolle spiele ... Vielleicht eine klitzekleine?«

Ich muss lachen. Finn ist so liebevoll, aufmerksam und sieht einfach atemberaubend gut aus.
Wie könnte ich mich gegen ihn entscheiden?

Kapitel 21

Nein, nein, nein. Das kann nur ein Traum gewesen sein. Eine Einbildung oder reine Wunschvorstellung ... Oh nein, Sanna, was hast du nur getan?

Krampfhaft versuche ich, mich an den gestrigen Tag zu erinnern, das romantische Date im Restaurant am Ufer des Edersees, versteckt hinter den Wäldern. Die intensiven, tiefgründigen Gespräche über Gott und die Welt, Wein. Ganz viel Wein. Ich lag in seinen starken Armen. Wir küssten uns. Oft. Er hielt mich fest, wir tauschten tiefe Blicke aus, tranken noch mehr Wein.

Ich traue mich nicht, mich umzudrehen, ihn anzusehen. Sein Arm liegt schwer auf mir. Auf meinem nackten Oberkörper. Ich höre lediglich sein gleichmäßiges Atmen. Ich stehe unter Schock. Doch auch spüre ich ein Flattern in meiner Mitte, einen kleinen Funken Glück. Es fühlt sich wie ein Déjà-vu an. Aber halt. Das mit Chris ist doch noch gar nicht richtig abgeschlossen. Für mich zumindest nicht. Oder? Doch der nackte Körper hinter mir ist nicht der von Chris. Da bin ich mir sicher. Woher kommen jetzt die Schuldgefühle? Ich meine, ich habe es doch darauf ankommen lassen. Ich habe die Zeit mit ihm genossen. Ich wusste, dass das hier alles passieren würde. Doch dass ich all meine Gedanken ausblende und nach einigen Gläsern Wein in dieser Bootshütte aufwache – neben meiner alten Ferienliebe, zehn Jahre später –, damit hätte ich vor einigen Wochen niemals gerechnet. Jahre sind vergangen und jetzt liege ich hier wie ein schüchternes, pubertierendes Mädchen und lausche seiner Atmung, höre das Wasser, das unter uns in kleinen Wellen gegen das Bootshaus schlägt.

Jetzt bewegt er sich, dreht sich. Seine warme Hand berührt nun meine. Seine Finger gleiten zwischen meine.

»Bist du wach? Hast du gut geschlafen?« Die Frage stellte er mir jeden Sommer in diesem Bootshaus. Ich weiß noch, als ich in diesem einen Sommer fast jede Nacht bei ihm geschlafen habe, mich rausgeschlichen und im Dunkeln zum Ufer gelaufen bin. Barfuß, damit ich schneller bei ihm sein konnte. Als ich morgens wieder zum Haus zurück bin und mich meine Eltern am Frühstückstisch empfingen, musste ich sie davon überzeugen, dass ich von meinem morgendlichen Spaziergang zurückkam. Ich bin mir sicher, dass sie mir diese Lüge nie geglaubt haben. Ich setzte mich zu ihnen und grinste bis über beide Ohren, auch wenn ich todmüde war, wir die halbe Nacht wach waren, uns geliebt und geküsst hatten, bis unsere Lippen wund waren.

Er beugt sich zu mir herüber und will mich küssen, doch ich drehe meinen Kopf zur Seite, worauf er mich festhält, mich erneut zu sich dreht und seine Lippen gegen meine drückt. Seine Hand streicht meinen Hals entlang und wandert zu meiner Brust. Ich ziehe mich erneut zurück.

»Finn, es war wunderschön. Ehrlich. Doch ich glaube, wir haben gestern einfach nur zu viel getrunken.« Obwohl ich diese Worte ausspreche, verlangt mein Körper erneut nach ihm. Doch dieses Mal bleibe ich stark.

Mein Handy vibriert laut, stark, oft. Finn springt auf und holt es mir. Nackt. Ich schlucke. Schlage meine Hand vors Gesicht. Ich weiß nicht, ob ich lachen oder mich schämen soll.

»Marietta ruft an«, stellt er fest. Ich gehe dran, doch erneut trifft mich der Schlag, als ihre Worte in meinen Ohren hallen. »Sanna, Sanna, bitte komm her! Es brennt. Feuer, überall Feuer!«

Kapitel 22

Ich stehe vor den Flammen, die aus dem Fachwerkhaus emporsteigen. Der Rauch ist so dicht, dass ich kaum etwas sehen kann. Ich höre die Feuerwehrleute schreien und die Sirenen der Rettungsfahrzeuge heulen. Ich fühle mich wie gelähmt, unfähig zu handeln, unfähig zu atmen.

Alles, was wir gemeinsam erträumt und aufgebaut haben, ist nun in Flammen aufgegangen. Ich fühle mich wie betäubt. Es ist, als ob die Welt stillsteht, während das Feuer alles um mich herum verschlingt.

Ich hatte so viele Ideen, so viele Visionen, so viele Pläne. Ich hatte meine Schmuckdesign-Skizzen auf Papier gebracht, weil ich dachte, dass sie so viel authentischer und persönlicher wären als auf dem Laptop. Aber jetzt ist alles zerstört. All diese Skizzen waren in Mariettas Werkstatt. Meine Inspiration, meine Hoffnung, meine Wünsche und Ziele.

Ich spüre einen Kloß in meinem Hals und kann nicht wegschauen, fühle mich so schuldig. Ich sehe Marietta neben mir, spüre ihren Schmerz und ihre Trauer. Sie hat so hart gearbeitet, um ihr Atelier, ihr Schmuckgeschäft aufzubauen, und nun ist alles verloren. Sie hat so viele wunderschöne Stücke entworfen, die jetzt nur noch Asche sind.

Ich fühle mich hilflos und weiß nicht, wie ich ihr helfen kann. Ich möchte ihr sagen, dass alles in Ordnung kommt, dass wir das gemeinsam wieder aufbauen werden, aber ich kann nicht einmal meine eigenen Tränen zurückhalten.

Ich erinnere mich daran, wie Marietta gesagt hat, dass es wichtig ist, nie aufzugeben, egal was passiert. Sie hat gesagt, dass wir unsere Träume verfolgen sollten, egal wie schwierig es sein mag. Ich frage mich, ob diese Worte jemals wahr werden können, nachdem wir alles verloren haben.

Ich sehe, wie Marietta langsam zu Boden sinkt und gehe zu ihr hinüber, um sie zu umarmen. Ich spüre ihre Arme um mich und wir weinen zusammen. Wir weinen um das Fachwerkhaus, um die schönen Schmuckstücke und um die Zukunft, die wir uns vorgestellt haben.

»Hör zu, ich gebe niemals auf, ich werde es wieder aufbauen, Sanna. Ich bin einfach froh und dankbar, dass meine Tochter nicht im Haus, sondern bei ihrer Freundin war.«

»Wir werden das gemeinsam durchstehen«, presse ich in einem Schockzustand hervor.

Die Feuerwehrleute kämpfen unermüdlich gegen die Flammen und endlich, nach Stunden, gelingt es ihnen, das Feuer zu löschen. Das

Fachwerkhaus steht zwar noch, aber es ist vollkommen ausgebrannt und unbewohnbar. Alles, was darin war, ist zerstört.

Marietta und ich stehen da und starren auf die verkohlten Überreste des Gebäudes. Wir sind müde und ausgelaugt, aber wir tragen immer noch einen Funken Hoffnung in unseren Herzen. Wir können das wieder aufbauen. Ich werde ihr unter die Arme greifen, sie dabei unterstützen, neue Schmuckstücke zu kreieren, die genauso schön und einzigartig sind, wie die, die sie verloren hat.

Wenige Wochen später

Ich sitze am Ufer des Edersees und beobachte die Menschen um mich herum. Die Sonne scheint warm auf mein Gesicht und ich genieße die frische Luft. In Gedanken versunken, bemerke ich erst spät, dass sich mir jemand nähert. Ich drehe meinen Kopf und erkenne Marietta, die auf mich zukommt.

Ich begrüße sie herzlich. Wir umarmen uns und ich spüre, wie Mariettas Körper noch immer von der Anspannung der letzten Wochen gezeichnet ist. Nach dem Brand ist sie gemeinsam mit ihrer Tochter zu ihren Eltern gezogen.

Marietta teilt mir ihre schwierige Situation mit und erklärt, dass sie ihre Arbeit als Goldschmiedin aufgeben wird. Ihr Gesicht ist von Sorgen gezeichnet und ihre Stimme klingt gedämpft, als sie mir von den finanziellen Herausforderungen erzählt, die es ihr schwermachen, ihrer Tochter alles zu bieten. »Ich muss aufhören«, sagt sie mit einem seufzenden Unterton. »Die Arbeit im Schmuckgeschäft hat mir zwar immer Freude bereitet, aber es bringt einfach nicht genug Geld ein, um meiner Tochter das Leben zu ermöglichen, das sie verdient.« Die Worte kommen leise, aber bestimmt aus ihrem Mund. Ihre Augen verraten die innere Zerrissenheit, die sie gerade durchmacht. Es ist offensichtlich, dass sie mit dieser Entscheidung ringt und dass es ihr nicht leichtfällt, ihren Traum aufzugeben.

Ich lege sanft meine Hand auf ihre Schulter. »Marietta, du bist eine bemerkenswerte Frau. Dein Talent und deine Leidenschaft werden immer ein Teil von dir sein, egal welchen Weg du einschlägst. Ich bin zuversichtlich, dass du auch in anderen Bereichen Erfüllung finden wirst.«

Ein kurzes Lächeln huscht über Mariettas Gesicht, während sie dankbar meine Hand drückt.

»Danke für alles, Sanna. Ehrlich. Für das Geld, das du uns gegeben hast, für dein Angebot, in deinem Ferienhaus zu wohnen und all deinen seelischen Beistand. Ich danke dir von ganzem Herzen.«

Ich sitze in meinem dunklen Zimmer und starre aus dem Fenster. Der Regen prasselt gegen die Scheibe und spiegelt mein trauriges Gesicht wider. Ich denke an Marietta und an unser Gespräch. Ich hatte gehofft, dass Marietta sich für die Zusammenarbeit entscheiden würde. In diesem Moment fühle ich mich hilflos und habe das Gefühl, dass auch ich alles verloren habe. Alles, was mir wichtig war. Meine Familie, meine Freunde, meine Träume, meine Firma. Ich habe nichts mehr. Ich werde für immer in diesem dunklen Loch gefangen sein und niemals etwas erreichen.

Plötzlich vibriert mein Handy und reißt mich aus meinen Gedanken. Ich blicke auf den Bildschirm und sehe den Link zu dem Artikel auf Lilique.de. Mein Herz rast, als ich die Schlagzeile lese: »Sanna – das Gesicht der Niederlage«. Ich kann es nicht glauben. Ich klicke auf den Link und lese den Artikel.

Dieser beschreibt mich als gescheiterte Unternehmerin, die ihr Unternehmen und ihre Familie verloren hat. Die Kommentare darunter sind noch schlimmer. Die Leute machen sich über mich lustig und beleidigen mich. Die Worte bohren sich wie Messer in meine Seele und hinterlassen tiefe Wunden. Ich fühle mich gedemütigt und erniedrigt. Tränen laufen mir über das Gesicht, während ich den Artikel immer wieder lese.

Es ist das schlimmste Gefühl, das ich je erlebt habe. Ich habe das Gefühl, dass meine Welt zusammenbricht. Alles, wofür ich gekämpft habe, alles, wofür ich gearbeitet habe, ist umsonst gewesen. Ich fühle mich wie eine Versagerin, die nichts erreichen wird. Die Dunkelheit umgibt mich wie ein schwarzer Schleier und ich kann nicht atmen.

Die Bilder in meinem Kopf sind grausam. Ich sehe mich selbst, wie ich alleine auf der Straße stehe und von den Menschen verspottet werde. Ich höre meine eigene Stimme, die mir sagt, dass ich nichts wert bin.

Die Zeit scheint still zu stehen. Es fühlt sich an, als ob mein Leben in diesem Moment vorbei ist. Als ich das Zimmer verlasse, fühle ich mich, als ob ich durch eine unsichtbare Barriere gehe. Ich bemerke nicht einmal, dass ich nichts trage außer meinem Nachthemd, bis ich im Regen draußen stehe.

Ich zögere einen Augenblick, bevor ich den Riegel zurückziehe und die Tür öffne. Vor mir steht Finn, der besorgt aussieht und mich sofort in die Arme nimmt. Ich spüre, wie sich mein Herz zusammenzieht, als ich seine warme Umarmung fühle.

Ich habe in den letzten Tagen so viel geweint, dass meine Augen immer noch dick und geschwollen sind. Ich fühlte mich so schwach und hilflos, dass ich kaum etwas gegessen und die vielen Anrufe und Nachrichten ignoriert habe.

Doch jetzt, in Finns Umarmung, fühle ich mich ein wenig besser. Ich lächele ihm dankbar zu und lasse ihn hereinkommen.

Wir setzen uns auf die Couch.

»Wie geht es dir?« Finn legt seine Hand auf meinen Oberschenkel. Ich spüre, wie ich in Tränen ausbrechen werde, kämpfe aber dagegen an. Ich will nicht wieder in eine Spirale der Traurigkeit und Verzweiflung geraten.

»Hey, ich meine es ernst. Ich bin für dich da. Immer. Ich verspreche es dir.« Er streichelt meine Wange.

»Ich freue mich, dass du da bist. Doch ich glaube, ich brauche noch ein wenig Zeit. Alleine.«

Er nickt verständnisvoll. »Okay. Ich gehe. Aber du versprichst mir, dass du dich meldest, wenn du mich brauchst. Egal um welche Uhrzeit.«

»Danke.«

»Und gib deine Träume nicht auf. Glaub daran, Sanna.«

Nachdem ich mich von ihm verabschiedet habe, setze ich mich an den Tisch, auf dem mein Laptop steht. Ich öffne das Schreibprogramm und beginne, meine Gedanken und Gefühle niederzuschreiben. Ich reflektiere über meine Träume,

Ziele und auch über das, was ich bereits erreicht habe. Ich weiß, dass dieser Weg steinig und schwer ist, aber ich bin bereit, ihn zu gehen. Ich kann die Vergangenheit nicht ändern, aber ich kann die Zukunft neu gestalten. Ich weiß auch, dass ich nicht alleine bin. Marietta, Finn und Tom stehen mir zur Seite und werden mich unterstützen. Ich erinnere mich daran, dass es mein eigener Wille war, aus der Firma auszusteigen, um selbstständig zu sein, auf eigenen Beinen zu stehen und mein Leben zu leben. Ich wollte meine Liebe zum Beruf ausleben und meine Zukunft sollte wunderbar aussehen.

Finn hatte Recht. Ich habe mich von meiner Enttäuschung und Traurigkeit überwältigen lassen und den Fokus auf das verloren, was wirklich wichtig ist. Ich werde nicht aufgeben.

Die Sonne geht langsam auf und der Regen lässt nach. Ich blicke aus dem Fenster und sehe den Himmel, der sich langsam in ein zartes Blau färbt. Es fühlt sich an, als würde ein neuer Abschnitt in meinem Leben beginnen, ein Abschnitt voller Möglichkeiten und Chancen.

Ich atme tief ein und aus und lächele, denn in diesem Moment weiß ich, dass ich alles habe, was ich brauche. Den Glauben an mich selbst und die Entschlossenheit, meine Träume zu verwirklichen.

Kapitel 23

Sechs Monate später

»Lust auf eine Radtour?«, tippe ich in mein Handy und schicke die Nachricht an Marietta.

»Sport ist Mord«, erhalte ich als Antwort. Sie fügt ein Lach-Emoji hinzu. »Nein, ich war heute Morgen schon fleißig walken, eine neue Morgenroutine.« Eine Minute später dann: »Soll ich heute Abend trotzdem auf ein Weinchen vorbeikommen?«

»Sehr gerne.«

»Wie läuft es mit Finn?«

»Kein Kommentar«, antworte ich, ergänzt mit einem Zwinker-Smiley. »Na gut, dann fahr erst einmal eine Runde Fahrrad, wir sehen uns heute Abend! Und wir sprechen nicht über Sander!«, antwortet sie.

»Psycho bleibt Psycho.« Das Letzte, was ich möchte, ist diese Geschichte. Jetzt wo es mir endlich etwas besser geht.

Es ist bereits nach fünf Uhr nachmittags, als ich vor dem Gartenschuppen stehe und versuche, den richtigen Schlüssel zu finden. Nach dem siebten Versuch klappt es endlich und ich stehe vor dem verstaubten Mountainbike, das seit vielen Jahren kein Licht mehr gesehen hat. Bevor ich losfahre, werfe ich noch einen kurzen Blick hoch zum Himmel und stelle fest, dass die Wolken dichter und dunkler geworden sind, was mich aber von meinem Plan nicht abhält. Ich schwinge mich voller Tatendrang und mit Kopfhörern im Ohr auf das Fahrrad und fahre los.

Ich entscheide mich spontan dafür, eine neue Route zu fahren, um dem Regen zu entkommen, der langsam tröpfchenweise vom Himmel fällt.

Als ich einen steilen Berg mit großer Anstrengung erklimme, mache ich eine kurze Pause, um etwas zu trinken und beobachte ein kleines Eichhörnchen, das in die Baumkrone klettert.

Ich hole mein Handy heraus, um ein Foto zu machen, doch bevor ich es erwische, ist es schon im Laub verschwunden. Um nicht weiter in die Tiefe des Waldes zu geraten, beschließe ich, mich von einer Fahrradrouten-App weiter führen zu lassen und mache mich auf die von ihr vorgeschlagene Alternativroute. Auf einem schmalen Pfad fahre ich einen Berg herunter, muss aber mehrmals absteigen, da einfach zu viele Wurzeln aus der Erde ragen. Es geht so weit, bis ich gar nicht mehr vorwärtskomme, da

der Weg aufgrund eines Erdrutsches abrupt aufhört. Ich steige erneut vom Fahrrad und schaue
mich um, erkenne Radspuren auf dem Boden,
Radspuren, die steil nach unten führen. Ob ich
diesen Weg wagen sollte? Schließlich bin ich
dem Regen entkommen, da würde mir diese
Umgehung sicherlich nichts ausmachen.

Nach zwanzig anstrengenden Minuten komme
ich unten überraschenderweise an einem strö-
menden Fluss an. Keine Umgehung, kein Weg
zurück, erst recht nicht wieder nach oben. Da
mir die Puste langsam ausgeht, setze ich mich
einen Moment auf die Erde, um einen klaren
Kopf zu bekommen, und genieße gleichzeitig
die unberührte Natur. Ich gehe meine Möglichkeiten durch. Viele fallen mir nicht ein. Die
erste, das Fahrrad wieder den steilen Berg
hochzuschieben, scheint mir unmöglich, also
verabschiede ich mich schnell von diesem Gedanken. Entschlossen beschließe ich, die zweite
Option zu wählen und an dem Fluss entlangzu-
laufen. Doch schon nach wenigen Metern wird
mir klar, dass auch diese Entscheidung sich als
keine gute Idee erweist, da der Boden unter
meinen Füßen feucht ist und ich unsicher auf
dem glatten Untergrund hin und her rutsche.
Ich beschließe, das Fahrrad zurückzulassen und
eine Stelle zu finden, an der ich Empfang habe,
um Hilfe zu rufen. Genau in diesem Moment

klingelt mein Handy und Finns Name erscheint auf dem Display. »Na Gott sei Dank.« Doch im nächsten Moment wird mein ganzer Körper steif. Auf der anderen Seite des Flusses steht jemand. Im nächsten Moment erkenne ich ihn. Es ist Alexander Sander. Hasserfüllt schaut er mich an. »Na, wie geht's, Schwesterherz?«

»Was willst du hier?« Und wie kann er wissen, dass ich hier bin? Wenn ich selbst nicht einmal weiß, wo ich bin.

»Ich mache mir Gedanken darüber, wieso sich alles in diese Richtung, die falsche Richtung entwickelt hat.«

»Ich möchte nichts mehr mit dir zu tun haben, Alexander.«

Mein Handy klingelt erneut. Ich gehe dran. »Finn, du musst sofort hierherkommen. Ich habe mich verfahren und Sander ist hier.« Ich schicke ihm meinen Standort und versuche währenddessen, einen Weg durch das Unterholz und die vielen umgestürzten Bäume zu finden.

»Hast du Angst?«, ruft er rüber.

»Was willst du von mir? Verschwinde!«

»Spring ins Wasser und schwimm rüber, Schwesterherz.«

»Ich bin nicht deine Schwester. Nur weil du meine Eltern verarscht hast und sie darauf hereingefallen sind, bedeutet das nicht, dass ich mich mit dir abgeben muss«, rufe ich zurück.

Die Situation ist verfahren. Es wird langsam dunkel und Sander steht wie ein Psychopath auf der anderen Seite und beobachtet mich. »Was heißt verarscht? Ich habe die Situation genutzt und mich auf die freie Stelle beworben.«

Erschöpft lasse ich mich auf den Boden fallen und bete, dass er nicht auf die seltsame Idee kommt, ins Wasser zu springen und zu mir zu schwimmen.

Mein Handy ist aus, der Akku leer. Ob Finn mich hier jemals finden wird?

»Okay, gut. Von Tom habe ich ein wenig über eure Familie erfahren und dachte mir, ich erlaube mir mal ein Späßchen. Ich konnte ja nicht wissen, dass dein Vater so ein untreues Schwein ist und mir die Geschichte abkauft.« Ein schmutziges, sarkastisches Lachen entweicht ihm. »Du hättest seinen Gesichtsausdruck sehen sollen, als ich mich als sein Sohn vorgestellt habe, der Sohn, der ohne Vater aufwachsen musste.«

»Jetzt halte endlich deinen Mund.«

»Sanna, Sanna, wir hätten so viel Spaß als Geschwister. Glaub mir, ich könnte ein besserer Bruder sein, als es Tom ist, der Verräter.«

Doch gerade, als ich die Hoffnung aufgebe und mich mit dem Gedanken anfreunde, mit ihm die Nacht in diesem Wald verbringen zu müssen, mir seine widerlichen Vorwürfe und Beleidigungen anhören zu müssen, höre ich Stimmen auf der gegenüberliegenden Seite. Ich atme vor Erleichterung auf. »Ich bin hier, hier drüben. Auf der anderen Seite des Flusses.«

Ich erkenne drei Personen und atme erleichtert auf, als ich Marietta, Finn und Tom erkenne. »Na Gott sei Dank.«

»Was machst du denn hier?« Tom packt Sander am Kragen. Sie rangeln und fallen zu Boden, sodass Finn schlichten muss.

Eine halbe Stunde später habe ich es geschafft, den Fluss zu überqueren und falle Finn in die Arme.

»Ich habe dir Anziehsachen mitgebracht. Was machst du nur für Sachen?«, flüstert er mir zu. Wir küssen uns und ich bin dankbar, dass er hier ist.

»Was machen wir mit dem?« Ich deute auf Sander, den mein Bruder noch immer festhält. »Lass das mal meine Sorge sein.« Dann schubst er ihn vor sich her. »Los, beweg dich. Es ist dunkel, du führst uns aus dem Wald raus und dann verpisst du dich. Wenn ich dich jemals wieder in unserer Nähe sehe, dann wünschst du dir, du hättest uns nie kennengelernt.«

Kapitel 24

Zwölf Monate später

Ich schlage die Tageszeitung auf und kann es nicht fassen, was ich auf der ersten Lokalseite vorfinde.

Sanna Maikraft - Eine Unternehmerin, die ihren eigenen Weg geht und andere inspiriert

Unternehmertochter Sanna überrascht mit ihrer einzigartigen Karriere

Sanna Maikraft, Tochter einer bekannten Unternehmerfamilie, hat die Erwartungen aller übertroffen und einen beeindruckenden Weg eingeschlagen, den niemand vorhergesehen hätte. Anstatt in das Familienunternehmen Goldkraft zurückzukehren, hat sie mutig beschlossen, ihre eigene Marke namens Sanker zu gründen. Gemeinsam mit regionalen Goldschmieden und kreativen Köpfen aus der Umgebung arbeitet sie daran, etwas Außergewöhnliches zu schaffen.

Im Rahmen eines Interviews erzählte uns Sanna, dass sie eine tiefe Verbundenheit zu ihrer Heimatregion fühlt und einen positiven Einfluss ausüben möchte, indem sie anderen Menschen dabei hilft, ihre Träume und Wünsche zu verwirklichen.

Die Schmuckstücke von Sanker sind für jedes Budget zugänglich und jedes einzelne Stück trägt eine einzigartige Bedeutung in sich. Ihre warmherzige Art hat ihr in der Region eine große Fangemeinde eingebracht.

Mit ihrer neuen Marke Sanker hat sie einen bemerkenswerten Beitrag für die Region geleistet und verdeutlicht, wie wichtig es ist, lokal zu denken und zu handeln.

Wir alle können von Sannas Mut und Entschlossenheit lernen und wünschen ihr für die Zukunft alles Gute.

Ich lese den Artikel mehrere Male und kann das Strahlen auf meinem Gesicht nicht verbergen. Es fühlt sich unglaublich an zu sehen, wie mein Name und meine Geschichte in der Zeitung präsentiert werden. Ich reiße die Seite heraus und zeige sie stolz meinen Mitarbeitern in der Runde.

»Ich bin so stolz auf uns alle«, sage ich. »Wir

haben hart gearbeitet, um Sanker zu dem zu machen, was es heute ist, und ich könnte nicht glücklicher sein, Teil dieses Teams zu sein.«

Ich denke an all die Niederlagen, die ich durchgemacht habe. Ich hätte nie gedacht, dass ich irgendwann einmal hier stehen würde. Aber ich bin dankbar dafür, dass das Leben mich in die richtige Richtung geschubst hat und dass ich die Chance hatte, etwas zu schaffen, das anderen Menschen Freude bringt.

Ich sehe in die Gesichter meiner Mitarbeiter und spüre eine Wärme und Verbundenheit, die mich erfüllt. Es ist ein Moment der Freude und Dankbarkeit. Ich bin stolz darauf, wer ich bin und auf das, was wir als Team erreicht haben.

»Bist du auch stolz auf mich?«

Ich drehe mich um und blicke in die sanftmütigen Augen von Finn. Er nimmt mein Gesicht in seine Hände und küsst mich. »Ohne dich würde es das alles hier nicht geben.«

Danksagung

Viele Wege führen nach ...
zum Edersee.

Diesen Roman habe ich angefangen zu schreiben, nachdem »Gipfeltrip« veröffentlicht wurde. Baby Nummer zwei und Buchprojekt Nummer zwei fielen zeitgleich zusammen. Es war nicht einfach – es erforderte mehrere Anläufe, Stunden, Kraft und Ausdauer. Mittendrin wechselte ich sogar das Genre.

Heute kann ich sagen, dass ich unglaublich dankbar für all diese Erfahrungen bin. Ohne sie wäre dieses Buch nicht fertig geworden, zumindest nicht in der Form, wie es jetzt ist. Ich bin ziemlich glücklich und zufrieden. Es wurden mir einige Steine in den Weg gelegt, aber nach und nach konnte ich sie aus dem Weg räumen.

Nun kommen wir zum wichtigsten Teil: Dankbarkeit. Jede einzelne Person, angefangen bei meiner gesamten Familie bis hin zu meinen Mädels und neuen Freunden, bereichert mein Leben auf vielfältige Weise. Ihr lacht mit mir, gebt mir Ratschläge und steht mir immer zur Seite, wenn ich euch brauche. Euch allen gebührt mein aufrichtiger Dank!

Auch den großartigen AutorenkollegInnen, die ich über Social Media und persönliche Treffen kennenlernen durfte, möchte ich meinen Dank aussprechen. Ihr inspiriert mich und eure Unterstützung ist unbezahlbar. Ein besonderer Dank geht an Luise, meine ehemalige Lektorin. Obwohl sich unsere beruflichen Wege getrennt haben, schätze ich unsere persönliche Verbindung sehr. Ich habe so viel von ihr lernen dürfen. Ebenso möchte ich Fairiba und Jasmin Najjar erwähnen, zwei beeindruckende starke Frauen, die mich in meinem persönlichen Wachstum motivieren.

Das Leben bringt uns Höhen und Tiefen, aber ich möchte euch allen einen Rat mit auf den Weg geben: Bleibt euch selbst treu und geht voller positiver Energie durchs Leben!

Über die Autorin

Gamze Öz, geboren 1991, lebt mit ihrer kleinen Familie am Stadtrand von Kassel. Sie arbeitet seit über 10 Jahren in einem regionalen Zeitungsverlag und erfüllte sich Ende 2020 mit ihrem Debüt GIPFELTRIP ihren Kindheitstraum, Autorin zu werden.

Leseprobe Gipfeltrip

Klappentext

Maddy Stone plant mit ihrer kleinen Familie einen Winterurlaub in Österreich. Auch möchte sie sich ihren größten Traum erfüllen und auf die Zugspitze fahren. Doch dann erfährt sie, dass eine Mutter mit ihrem Kind aus der Seilbahn zum Gipfel verschwunden ist.

An Heiligabend findet sie heraus, dass ihr Mann Geheimnisse vor ihr zu haben scheint und Pläne gegen sie schmiedet. Mit einem mulmigen Gefühl im Bauch macht sie sich dennoch mit ihrer Familie auf den Weg nach Ehrwald, muss aber dort feststellen, dass der Urlaub anders verläuft als geplant.

Kapitel 1

Die Nacht ist vollkommen dunkel und mit dichtem Nebel überzogen. Wenn draußen die einzige Straßenlaterne aufleuchtet, der Nacht einen kleinen Funken Hoffnung schenkt, verstummt auch das Brummen der Autos. Dann bin ich alleine mit meinen Gedanken und dem Bellen des Nachbarhundes.

Ich lasse meine Kleidung hinuntergleiten, steige in mein Bett und ziehe die Bettdecke bis unter mein Kinn. Die Ruhe überkommt mich. Sie macht mich wirr. Unruhig.

Und dann tauchen wieder die Erinnerungen auf. Als würde jemand Fremdes den Lichtschalter betätigen und mich bewusst quälen wollen. Mit all den Erinnerungen an den letzten Winterurlaub.

Ich drehe mich auf die linke Seite, lausche meinem Atem. Er ist flach und schnell. Ich versuche ihn zu kontrollieren. Erfolglos. Es ist eine weitere Nacht, in der meine Gedanken lauter sind als die Musik unserer neuen Nachbarn. Sie erinnern mich an uns, an mich und Marc. Zu Beginn unserer Beziehung. Frisch verliebt, leidenschaftlich und wild. Sie sind Anfang zwanzig. Zehn Jahre jünger als wir. Liana heißt sie. Ist bildschön. Ich muss Marc im Blick behalten. Nicht, dass er Dummheiten anstellt.

Ich kenne Liana nur flüchtig. Viel miteinander gesprochen haben wir noch nicht. Wir treffen uns ab und zu im Supermarkt. Mal am Kühlregal, mal an der Kasse. Die Tiefkühlpizzen und Tortellini-Konserven in ihrem Korb verraten ihre Kochkünste. Sie hat ihr Studium hingeschmissen und ist mit ihrem Freund Tom durchgebrannt. Um den Ruf ihrer Familie nicht zu schädigen, kauften ihr ihre Eltern das Haus neben unserem, das seit ein paar Monaten leer stand. Vielleicht waren sie wegen mir weggezogen. Die vorherigen Nachbarn. Vielleicht hatten sie Angst vor mir. Die Blicke in der Nachbarschaft zumindest sagten mehr als Worte. Ich habe den Ruf meiner eigenen Familie zerstört und kämpfe bis heute, ein Jahr später, immer noch mit den Konsequenzen.

An manchen Tagen sehe ich Liana und Tom vor ihrem Haus in ihrem weißen Zweisitzer, eng umschlungen am Knutschen. Toms Hände in ihrem Haar, das wilder aussieht als jeder Messy-Bun in Beauty-Magazinen. Das junge, leidenschaftliche Paar, das sich nicht ansatzweise vorstellen kann, was Verantwortung bedeutet. Wie es ist, Mutter und Vater zu sein. Bedingungslos zu lieben. Und alles, aber wirklich alles für seine Familie zu tun.

Ich starre an die Decke. Etwas Licht schimmert durch die nicht vollständig verschlossenen Jalousien herein. Mein Blick wandert durch das dunkle Zimmer. Ich kann nicht viel sehen und kneife meine Augen zusammen. Es würde mir leichter fallen zu schlafen, wenn Marc jetzt neben mir liegen würde. Ich würde mich an ihn kuscheln, seinen Geruch einatmen und mich sicher fühlen. Doch fühle ich mich noch sicher bei ihm? Mit ihm? Ich weiß es nicht. Nicht mehr so sicher wie früher. Marc ist in der Nachtschicht. Er arbeitet viel. Und hart. Nichts wünsche ich mir sehnlicher, als dass wir wieder zueinanderfinden. Dass er wieder der Alte wird. Nach dem letzten Winterurlaub habe ich ihn endgültig verloren. Uns verloren. Hätte ich Luis nicht, würde ich es kaum aushalten.

Vielleicht sollte ich Luis wieder zu mir ins Bett holen. Ich genieße seine leisen Atemzüge, wenn er neben mir schläft. Es beruhigt mich, ihn bei mir zu haben. Dicht an mich gekuschelt. Doch seitdem er von seiner Oma Ann, meiner Schwiegermutter, die ich nicht ausstehen kann, ein neues Bett mit langer Rutsche und einer gefährlichen Piratenflagge geschenkt bekam, schläft er in seinem eigenen Zimmer. Bittet mich nicht mehr seine Hand zu halten, bei ihm zu bleiben. Er schickt mich jeden Abend entschlossen weg und schlummert innerhalb weniger Minuten mit Mr. Hopp ein.

Ob ich ein wenig lesen sollte, um müde zu werden? Ich habe mir aus der Stadtbibliothek *Das Tagebuch der Anne Frank* ausgeliehen. Ein Buch, das ich schon lange auf meiner Liste stehen hatte.

Ich ziehe an der Kette meiner Nachttischlampe, die gelb aufleuchtet, beuge mich herunter und öffne die Schublade. *Bedürfnisorientierte Erziehung* und mein Tagebuch. Nicht das der Anne Frank. Ich habe es unten im Wohnzimmer liegen lassen. Doch ich habe keine Lust nachts zum Bücherregal zu schleichen und dann festzustellen, dass es dort doch nicht ist und ich jedes andere Buch mindestens zweimal gelesen habe. Ich brauche dringend ein paar neue Romane.

Ich schließe die Schublade mit einem Ruck, ziehe erneut an der Kette und lasse mich in mein weiches Daunenkissen fallen.

Und dann, von null auf hundert, überkommt mich wieder das Gefühl. Das Gefühl zu sterben. Wärme zieht von meinen Zehen hoch bis hin zu meinen Ohren. Mein Herz pulsiert wild. Ich ringe nach Luft. Plötzlich werde ich melancholisch. Erinnerungen, die wieder aufblitzen. Hintereinander wie an einem Gewitterabend, an dem man den Abstand zwischen Donner und

Blitz in der Hoffnung zählt, sie würden schnell an einem vorbeiziehen. Ich schließe meine Augen fest.

Eins, zwei, drei. Maddy, beruhige dich!

Ich sehe die Zugspitze.

Ich sehe das Kleid im Nebel wehen.

Ich sehe eine zarte Hand winken.

Vier, fünf, sechs. Meine Schwester, die mich an den Schultern packt, mich festhält.

Sieben, acht, neun, wie sie mich zu Boden reißt, zehn.

Ich öffne langsam meine Augen, greife in meine Nachttischschublade, krame mein Tagebuch und den Kugelschreiber heraus. Sie sind immer einsatzbereit. Mein Therapeut hat mir empfohlen, Tagebuch zu führen. Die Erinnerungen kann ich nicht mit Tabletten aus meinem Gedächtnis löschen. Runterspülen. Sie verfolgen mich. Bilder, die ich einfach nicht verdrängen kann. Die Zugspitze, die einst mein Traumort gewesen war, wurde zu meinem Albtraum.

Buff! Ich höre unsere Haustür ins Schloss fallen und schrecke zusammen. Ich presse meine Lippen zusammen, halte meinen Atem an. Lausche. Schlüsselgeklimper. Ich atme beruhigt weiter. Es ist Marc. War seine Schicht schon vorbei? Dann war es jetzt sechs Uhr. Hatte ich die ganze Nacht wach gelegen? Ich freue mich darüber, dass er jetzt da ist, sich gleich zu mir legt.

Wenn er überhaupt hoch kommt, denn meistens schläft er auf dem Sofa ein.

Wieso musste sich alles verändern? Je näher Weihnachten rückt, desto erdrückender wird das Gefühl und die Unsicherheit in mir. Desto lauter wird meine innere Stimme. Aber ich bin mir sicher, dass es wieder Nächte geben wird, in denen ich problemlos einschlafen und durchschlafen kann. In denen Marc und ich uns näherkommen werden. Alles braucht seine Zeit.

»Wie? Du bist noch wach? Ist alles in Ordnung?«

Ich zucke leicht zusammen, öffne die Augen. Richte mich etwas auf. Das Flurlicht blendet mich. Ich schlage mir die Hände vors Gesicht. »Mach das Licht bitte aus.«

Er macht einen Schritt ins Zimmer und lehnt die Tür an.

»Ich habe eine gute Nachricht! Die Schicht ist heute ausgefallen.« Ich verstehe es nicht.

»Okay«, stammele ich.

»Freust du dich nicht?« Er schaut mich mit einem gezwungenen Lächeln an.

»Doch, klar.« *Dann hättest du doch viel früher zuhause sein müssen,* denke ich mir.

»War ich zu laut?«, fragt er mich und streichelt liebevoll meinen Kopf.

»Ne, alles gut. Ich konnte die ganze Nacht nicht einschlafen.«

»Du hast aber noch die halbe vor dir«, scherzt er.

»Wie spät ist es?«

»Wir haben drei Uhr.«

»Erst?« Ich bin verwundert und gleichzeitig beruhigt.

»Rutsch rüber!« Er kommt zu mir, legt seine schwarze Sweatjacke ab und nimmt mich in den Arm.

»Ein Déjà-vu. Ich habe vorhin noch davon geträumt, dass wir kuschelnd einschlafen.« Ich spüre seine Hand auf meiner. »Oh, du bist viel zu kalt.«

»Los, rutsch rüber! Deine Füße sind auch nicht wärmer.« Er lacht und zieht mich zu sich. Er riecht unheimlich gut.

Ich genieße es, in seinen Armen zu liegen. Mich geborgen zu fühlen.

Es wird doch alles gut werden. Irgendwann.